U0006350

愛麗絲夢遊仙境

Alice's Adventures in Wonderland

路易斯·卡洛爾 (Lewis Carroll) 著　吳碩禹 譯
約翰·田尼爾 (John Tenniel) 繪　Via Fang 上色

目錄

陽光燦燦一午後，

輕鬆共乘一小舟，

兩把槳兒輕輕擺，

雙手豈須費力划。

有雙小手做模樣，

引領小舟輕飄蕩。

天色正好心悠哉，

誰知三妹竟興起，

苦苦要個故事聽。

氣虛鳥羽吹不起，

無奈伶仃勢單薄，

哪敵三妹齊哀求。

大姊氣勢能逼人，

開口便道：「請講吧！」

二姊溫婉道心腸：

「多說諢話才有趣。」

三妹聽得不安分，

時時老愛搶話講。

越聽姊妹越安靜，

步步踏進幻夢裡，

一個孩兒闖奇境，

怪事妙事新鮮事，

鳥兒獸兒齊作伴，

談天似真又似假。

靈感總有枯竭時，

故事難免無進展，

腸思枯竭無力時，

懇求下回再分解，

三姝隨即齊歡呼：

「下回已到，請分解。」

一回一回又一回，

幻境故事因而生，

古怪妙事慢鋪陳，

竟然也將告尾聲。

四人同舟快樂划，

斜陽日下舟返家。

此書獻給愛麗絲，

故事雖多是兒語，

還望小手願笑納。

且與童年稚夢藏，

記憶如絲覆其上，

猶如虔誠朝聖僧，

頭上花環雖已枯，

朵朵馨香自他方。

1

跳下兔子洞

　　愛麗絲跟姊姊兩個坐在河邊，姊姊忙著看書，愛麗絲沒事可做，坐得無聊的發慌。愛麗絲往姊姊的書裡探了幾眼，但那書上既沒圖畫也沒問答，愛麗絲心想：「一本書裡，沒有圖畫又沒有問答，有什麼好看？」

　　於是她心裡想著，（其實她也不過是勉勉強強打起精神想著。誰叫天好熱，熱得她發昏。）編個花環好像還滿好玩，不過大熱天裡還得爬起身去摘雛菊，到底值不值得費這工夫？就在這時候，一隻粉紅眼睛的大白兔從她眼前

跑過。

本來看見一隻大白兔也算不上稀奇，就連聽到白兔說「糟了！糟了！要遲到了！」愛麗絲也不以為意。（後來回想起來，她才覺得當時早該發現這不大對勁，不過那時她並不覺得有什麼奇怪。）一直到愛麗絲看見白兔從背心口袋掏出一隻懷錶，看了看時間然後又匆忙走開，她才跳起來，驚覺自己從沒見過穿著背心的兔子，更別說是穿著背心還帶著錶的兔子。愛麗絲好奇得不得了，急忙跟上，穿過草地，恰好看見兔子一躍，跳進樹籬旁一個大兔子洞裡。

愛麗絲也跟著往下跳，到底要怎麼出來，這她倒是完全沒想過。

一開始，兔子洞像條隧道，筆直往前，忽然一個彎往下。這彎來得突然，愛麗絲完全來不及反應，就跟著往下掉。一掉才發現自己似乎跌進一個很深很深的井裡。

這口井要不是真的很深，不然就是她摔得很慢，因為她還有時間可以細細左顧右盼，想著等會兒到底會碰上什麼事。剛往下跌的時候，愛麗絲朝下望了望，想探探自

己到底會跌到哪裡去，不過底下實在太黑了，什麼都看不到。所以她就隨意看看身旁有什麼。一看，發現井壁全是櫥櫃書架，四處掛著地圖和圖片。跌經一個架子，愛麗絲順手從那上面拿了個瓶子，上面寫著：**橙子果醬**，只可惜裡頭什麼也沒有。不過她也不敢隨便把瓶子扔了，怕砸死了底下的人，等到掉到一個櫥櫃旁，她才趕忙把果醬瓶給塞到架上。

「這可好了，這麼摔過一次，我看我再也不怕從樓梯上跌下來了。家裡的人一定會覺得我很勇敢。哼，就算從屋頂上跌下來，我也絕不會吭一聲的（這句話倒是說得一點也沒錯）。」愛麗絲心想。

就這麼跌呀跌呀跌，什麼時候才會跌到底呢？「我現在到底跌了幾哩深呀？」愛麗絲放聲問起自己來。「應該快跌到地心附近了吧。我想想，那不是跌了四千哩深了？應該沒錯吧。（這類知識愛麗絲上課時還學了不少。此時此刻雖然身邊一個人也沒有，稱不上是展現學問的好時機，但練習說說似乎也還不錯。）」「對對對，地心是四千哩深沒錯。話說回來，那我到底跌到緯度哪裡、經度

哪裡啦？（其實經度是什麼、緯度是什麼愛麗絲完全不懂，不過她覺得光是說得出這兩個字就夠有學問了。）」

沒過多久她又說：「我該不會掉著掉著，掉到地球的另外一頭去吧！要是我一出去看見人都頭下腳上走路那就好玩了！記得那是叫『倒栽人』[1]吧？（這回她倒是慶幸沒人在身邊，那個詞聽起來不大對。）」「不管怎樣，我總得問問他們我到了哪個國家，對吧。女士您好，請問這是紐西蘭還是澳大利亞？（她邊說還打算邊行屈膝禮──想想看，人在空中跌，竟然還想行禮呢？要是你，你辦得到嗎？）不過，一問人家一定覺得我什麼都不懂，竟然連這也要問？不行不行，還是別問好了，說不定可以在身邊看見什麼線索。」

跌了又跌、跌了又跌，愛麗絲實在沒事可做，沒多久又想起：「今天晚上黛娜（黛娜是愛麗絲家的貓）一定會很想我。午茶時間他們應該會記得給黛娜一碟牛奶吧。噢！黛娜呀，要是你在這裡陪我一起往下掉就好了！在空

---

1 愛麗絲想要引用的字其實是「倒蹠人」（antipodes），卻不小心說錯。

中跌呀跌的雖然沒老鼠，不過要抓隻蝙蝠應該沒問題。反正蝙蝠跟老鼠也差不了多少。話說回來，不知道貓吃不吃蝙蝠？」愛麗絲一時忽然睏了起來，半夢半醒喃喃自語著：「貓吃不吃蝙蝠？貓吃不吃蝙蝠？」說著說著又變成：「蝙蝠吃不吃貓？」反正這兩個問題她都答不出來，說對了說反了也無所謂。愛麗絲好像睡著了，夢見她跟黛娜手牽手散著步，問了黛娜她剛想著的問題：「黛娜，你老實跟我說，你吃過蝙蝠嗎？」突然之間「砰！」「砰！」兩聲，愛麗絲跌在枯枝枯葉堆上。她終於著地了。

愛麗絲毫髮無傷，轉身跳了起來。抬頭一看，上頭一片漆黑。眼前一條長走道，愛麗絲一望，恰好看見白兔急急忙忙走了進去。愛麗絲像一陣風趕緊跟上，一刻也沒耽擱，所以還趕得及在白兔拐彎前聽見他說：「這麼晚啦！我的老天耳跟老天鬍呀！」轉彎前，愛麗絲本來還緊緊跟在白兔身後，但一轉過彎就不見白兔身影了。只有愛麗絲一人站在一個矮而深的大廳，天花板懸著一排燈，整個廳裡就只有這麼一排燈。

大廳四周環著好多扇門，每一扇都上了鎖。愛麗絲從

這頭一扇一扇試著開開看，又從那頭一路試回來，沒有一扇門打得開。她往廳中間走去，心裡很難過，不知道自己要怎樣才能走出這兒。

忽然她走到一張三腳桌前，這桌上上下下全是實心玻璃做的，桌面上放著一把小小金鑰匙，沒其他的。愛麗絲立刻想到，也許這鑰匙可以打開哪一扇門。不過真討厭！不是鎖太大、就是鑰匙太小。不管哪扇門，這鑰匙肯定都打不開。但試到第二回，她發現一道小布簾，是之前她沒注意到的。布簾後有扇小門，只有十五來吋高。愛麗絲把金鑰匙伸進鎖孔一轉，竟然能開！她好高興。

愛麗絲開了門，看見門後有一條走道，走道又窄又小，比老鼠洞大不了多少。愛麗絲跪下來，往門裡一看，原來走道那頭是個花園。她從沒見過這麼漂亮的花園。她真想趕快離開這個昏暗的地方到那頭去，在鮮豔花叢跟清涼噴泉間散步。只可惜門那樣小，她連頭都塞不進去。「就算我的頭進得去好了，」愛麗絲這可憐的孩子心想，「肩膀過不去也沒用呀。噢！要是我能像望遠鏡一樣要伸就伸、想縮就縮那多好。如果有誰願意教教我，要隨意伸

伸縮縮好像不是難事。」接連發生了那麼多不合常理的事情，於是愛麗絲也開始覺得世上好像沒有什麼是絕對辦不到的。

　　就這麼愣在小門旁好像也不是辦法，於是愛麗絲又走回桌邊，暗自希望能再找到把鑰匙，要不，能找到本書教人怎麼像望遠鏡一樣伸縮也可以。這回還真讓她找到了個小瓶子（「剛才桌上明明就沒有這個。」愛麗絲說）。小瓶瓶頸上兜著張標籤，上頭端端正正兩個大字寫著：「**喝吧。**」

　　「喝吧。」聽起來確實很誘人，但聰明如愛麗絲，她可不會就這麼嘰哩咕嚕真喝下去。「我才不喝，一定得先檢查有沒有哪裡標示著『有毒危險』。」愛麗絲讀過不少故事，裡頭的小孩有被燙傷的、有被野獸一口吃掉的，還有好多碰上倒楣事的，都是因為沒把人家教過的道理記在心上。例如：燒得通紅的撥火棒握久了會燙傷、刀把指頭割得深會流血。再來就是愛麗絲謹記在心的：標示著「有毒危險」的東西不要喝，否則要不了多久，保證你知道它的厲害。

看這瓶子上沒寫「有毒危險」，於是愛麗絲心一橫，大膽喝了一口。沒想到滋味還不錯（喝起來有櫻桃派、奶黃醬、鳳梨、烤火雞肉、太妃糖跟熱奶油麵包的味道），她沒兩口就喝光了。

　　「這是什麼感覺，好奇怪！我一定是縮小了，像望遠鏡被收起來那樣。」

　　愛麗絲確實縮小了，一縮縮到十吋高。想到自己現在夠小，過得了那扇門進得了花園，愛麗絲一臉雀躍。不過，她沒馬上行動，還是在原地等了好幾分鐘，看自己會不會再變小，其實她心裡還是有點緊張。「說不定最後我會縮得什麼都不剩，像燒光的蠟燭一樣，天曉得那是什麼樣子呀？」說完，愛麗絲忙著想像蠟燭的火苗熄滅後是什麼模樣，不過想不出來，因為她從來沒見過那景象。

　　等了好一會兒，好像沒再縮小了，愛麗絲便立刻往花園走去。但是，愛麗絲還真可憐，她一路走到小門門口，才發現自己忘了拿小金鑰匙了，只好又回頭走到玻璃桌旁，但鑰匙在上面，她搆不著。隔著玻璃桌面，眼看鑰匙明明就在那，但不管她怎麼沿著玻璃桌腳爬，就是爬不上

去，實在太滑了。她一試再試，試得筋疲力盡，往地上一坐就哭了起來。

「好了好了，哭有用嗎！」愛麗絲罵了自己一下。「我說，你最好馬上給我把眼淚擦乾。」愛麗絲這孩子常常自己管自己，管教自己的話也都說得很有道理（雖然她很少乖乖照辦就是了）。記得有幾次罵得凶，把自己都給罵哭了。還有一次她差點甩自己兩耳光，就是因為自己跟自己打槌球的時候偷作弊。這個鬼靈精怪的小女孩很喜歡跟自己說話，老愛裝成兩個人在聊天。「唉，我現在變得這麼小，都不知道能不能算成一個人了，哪能再扮兩個人呀？」

沒一會兒，她在桌下瞄到有個小玻璃盒，便立刻打開來。盒裡有一塊小蛋糕，上頭寫著：「吃吧」兩個字。「管它，吃就吃。」愛麗絲說：「吃了要是變大，我就拿得到桌上的鑰匙。吃完要是再縮小，那我就從門下鑽過去。變大也好、變小也好，反正我一定進得了花園！」

她吃了一口，趕緊問問自己：「是長大了？還是縮小了？」她伸了隻手按在頭頂，想感覺看看自己到底是高了

還是矮了，沒想到竟然一點兒沒變，她有點訝異。按常理，本來人吃蛋糕就不會長大縮小。可是愛麗絲一心盼著奇怪的事情發生，事情按照常理走，反倒變得沒意思了。

於是她索性大口大口吃起蛋糕，沒幾口就吃光了。

2

眼淚池

　　「越來更怪、越來更怪了！」愛麗絲大呼。（她實在太過吃驚，一時連話該怎麼好好說都不會了。）「我怎麼好像望遠鏡，越拉越長了，應該沒有望遠鏡可以伸得比我長。再見了，我的腳丫子！」（愛麗絲會這麼說，是因為她一低頭發現自己一雙腳離得好遠，遠得幾乎看不見了。）「我可憐的腳呀！真不知道這樣誰能來替你們穿鞋穿襪？我知道我是沒辦法了。你們離我太遠，我顧不到你們。你們得自己好好照顧自己。」「不對，我還是得對他

們好一點。」愛麗絲想了想又對自己說：「萬一我要他們往東走，他們偏要往西去怎麼辦！讓我來想想辦法。不然每年耶誕節我都寄雙鞋送給他們好了。」

愛麗絲接著盤算起要怎麼送這份禮。「可以請郵差送去，」她心裡想：「讓郵差送鞋給自己的腳，想了都覺得好笑！地址不管怎麼寫都會很奇怪吧！」

壁爐地毯旁

壁爐爐檔邊

愛麗絲的右腳先生收

（愛麗絲贈）

「天呀，聽聽我說的是什麼話！」

說著說著，愛麗絲的頭頂到了大廳天花板。現在她可有九呎多高了。她立刻抓了桌上的金鑰匙，急急忙忙朝著通往花園的那扇門走去。

唉，愛麗絲真是可憐！到了門前，她只能側身趴著，用一隻眼睛望著門後的花園，但要走進去是更沒可能了。

愛麗絲坐下，大哭起來。

「真丟臉呀你，」愛麗絲說，「都這麼大，不是小女孩了，（她確實會這麼說）還這樣哭。好了，現在開始不准再哭了。」但她還是撲撲簌簌地哭著，眼淚大把大把的掉，積成身邊一大池水，足足有四吋深，淹過了大半個廳。

又哭了好一會兒，一陣腳步聲從遠處登登而來。愛麗絲趕忙擦乾眼淚，看看是誰來了。原來是白兔先生又走回廳裡了，他換上一身稱頭的衣服，一手拎著一雙山羊皮白手套，一手握著把大扇子，急急忙忙快步走來，口中碎念道：「唉呀，這可是公爵夫人哪，讓公爵夫人等我的話，我可有罪受了。」愛麗絲心裡急得慌，所以抱定主意，不管來的是誰，都要開口求救。白兔先生一走過來，愛麗絲便怯怯小聲問道：「先生，可不可以請您……」這嚇了白兔一大跳，他當場拋下手套扇子，急忙竄進暗處，不見身影了。

愛麗絲拾起扇子手套，廳裡熱得很，於是她邊替自己搧風邊說：「唉！今天怎麼什麼事都這麼不對勁！昨天明明都還正常得很。是不是昨晚我變了？讓我想想，早

上我起床的時候，跟平常有什麼不一樣嗎？好像是有點不一樣，我彷彿有這種感覺。但如果我不是我，那我到底是誰？唉呀！這難倒我了！」愛麗絲於是把跟她年紀差不多的玩伴全想了一遍，想知道自己是不是變成了其中哪一個。

「我沒變成艾妲，這我很清楚。」她說：「艾妲頭髮捲捲的，我頭髮沒變捲。我也知道我沒變成梅寶，我懂很多事情，她呀，她什麼都不懂。她是她、我是我。噢，這好複雜，我腦袋都快轉不過來了！不然來考考自己記不記得以前知道的事好了。好，四五十二，四六十三，四七……噢，天呀！照這麼數下去，什麼時候乘得到二十呀？算了算了，會背乘法表也看不出個什麼，不如考考自己地理好了。巴黎的首都是倫敦，然後巴黎又是羅馬的首都，羅馬是……唉呀唉呀，全都記錯了。糟糕，我一定變成梅寶了！好，我來背〈小蜜蜂〉好了。」愛麗絲兩手疊在大腿上坐正，像在學校背書那樣，開始背起〈小蜜蜂〉來。可是她的聲音聽起來又沙啞又奇怪，就連背出來的歌也跟本來的不大一樣：

嘩啦啦、嘩啦啦

尼羅河裡刷尾巴，

小鱷魚、小鱷魚

一身金鱗甲，

張嘴笑笑露出牙，

爪子伸伸等著抓，

小游魚、小游魚，

一塊進來吧！

「我又都背錯了。」可憐的愛麗絲說著說著，眼眶裡的眼淚又淹了上來。「唉，我真的變成梅寶了，我得住進她那窄窄小小的家，沒玩具可以玩，還得一直一直做功課。不管了，假如我真的變成梅寶，我就待在這不回去，就這麼決定。就算他們探頭下來跟我說：『寶貝，你快上來呀！』我也只會望著他們說：『那你得先告訴我，我究竟是誰？如果我變成哪個我還能接受的人，我就上去。如

果是我不滿意的人，那我就繼續在這待著，待到變成另外一個人再說。』唉，天呀！」愛麗絲止不住又哭了起來：「真希望現在真有人探頭下來，我好不想自己一個人待在這裡！」

她邊說邊朝自己的手瞅了一眼，才發現不知道什麼時候套上了白兔先生的山羊皮白手套。「我怎麼戴得下呢？」愛麗絲心想。「我一定又變小了。」於是她趕緊起身，跑到桌邊比了比，想知道自己現在多高。要是她猜得不錯，她現在應該剩下兩呎高，而且還一直縮著，縮得很快。愛麗絲沒兩下就猜到是手上搧著的扇子讓她變小的，於是急忙把扇子扔了，才沒讓自己縮得半點不剩。

「好險好險！」這突如其來的改變嚇了她一大跳，但發現自己沒事之後，她心裡又開心了起來。「好，往花園出發！」她直奔向小門，但有誰料到門又鎖上了。金鑰匙又跟剛才一樣，橫在玻璃桌上。「怎麼越來越糟了，」那可憐的孩子心想：「而且我還比剛才更小！太慘了，真的太慘了！」

她說著說著腳滑了一下，撲通一聲摔進一池鹹水，水

足足到她下巴那麼深。愛麗絲馬上想到，自己一定是掉到海裡了。「這樣我就可以沿著鐵軌走回去了。」她對自己說。（愛麗絲長這麼大，只去過海邊一次。但就烙了這麼個印象覺得英國所有海灘肯定都長得一模一樣。灘邊有篷車讓人更衣，灘上有小孩兒拿木鏟掘著沙玩耍，再過去是供人留宿的一排房子，房子後頭一定有個火車站。）但過沒多久她就明白這不是海，而是她九呎高時哭出的眼淚

池。

「剛才不要哭得那麼厲害就好了。」愛麗絲東游西游，四處找出路的時候這麼說著：「現在好了，我看被自己的眼淚溺死也是活該。話說被眼淚溺死實在太怪了吧！不過話說回來，今天一天下來，好像沒有一件事情不怪。」

就在這時，她聽見池子不遠處傳來水聲，不知是什麼在游水，便游上前去探探。起先愛麗絲猜那可能是隻海象或是河馬。後來她才記起自己已經變小了，沒一會兒便看出那是隻老鼠，跟她一樣跌進池裡了。

「不知道去找那隻老鼠說說話會不會有幫助？」愛麗絲心想，既然在這兒什麼古怪的事情都有，老鼠會說話也不稀奇吧。不管了，試試也不吃虧。於是她便開口說：「喂！老鼠呀，你知道往哪裡可以游出去嗎？我實在游得好累。」（愛麗絲從來沒跟老鼠打過交道，不過她想這樣稱呼老鼠應該沒錯。她之前在哥哥的拉丁文課本裡看過這個用法：「主格──『老鼠』；所有格──『老鼠的』；與格──『給老鼠』；受格──『老鼠』；呼格──『喂！老鼠』」）老鼠沒回答，只是盯著她看，一臉狐疑，彷彿

還對她眨了眨眼。

　　「說不定這老鼠聽不懂英語。」愛麗絲想，「我猜這一定是隻法國來的老鼠，應該是跟著征服者威廉一起到英國來的。」（歷史愛麗絲是學了點，但哪些事件發生在什麼年代、距離現在多少年，她沒什麼概念。）於是她隨口講了法文課本上第一課第一句的例句：「Où est ma chatte?（我的貓咪在哪裡？）」老鼠一聽嚇得跳出水面，害怕得渾身發抖。「噢，對不起對不起。」愛麗絲趕忙道歉，怕

自己惹那可憐的小傢伙不開心了。「我都忘了老鼠不怎麼喜歡貓。」

「不怎麼喜歡？」老鼠忍不住大聲激動起來：「如果你是老鼠，你會喜歡貓嗎？」

「大概也不喜歡吧。」愛麗絲試著安撫他，說：「別氣了別氣了。不過，我還真想帶我的貓黛娜來讓你看看，你要是見過黛娜，一定就會喜歡貓咪了，她又乖巧又安靜。」愛麗絲在池裡有一搭沒一搭地踢著水，這話既像是在對老鼠說，又好像是對自己說。「她會乖乖坐在壁爐邊，打打呼嚕、舔舔手掌理理毛。把她抱在懷裡，好舒服。而且她最會抓老鼠了——噢，對不起對不起！」愛麗絲高聲道著歉。這回老鼠一定很不高興了，因為他全身上下的毛全都豎了起來。「你不喜歡的話，我們就不提她了，不提了。」

「我們？好笑了。」老鼠全身顫個不停，連尾巴梢梢也跟著抖個不停。他尖聲說道，「說得好像是我想要跟你聊這個的。我家代代都討厭貓。那種東西又卑鄙、又下流、又齷齪。那個字我一次都不要再聽見了。」

「我不會再說了。我保證。」愛麗絲趕緊換了話題，問：「那……你喜歡……呃……狗嗎？」見老鼠沒發作，愛麗絲於是興高采烈地說了起來：「我們家附近有隻小狗，我也好想讓你見見他。我跟你說，那是頭㹴犬，眼睛又大又亮，身上的毛又長又捲。你把東西拋出去他就會去撿回來。想吃飯的時候，他會坐得直挺挺的討飯吃，他還會好多好多把戲，說也說不完。對了，那狗的主人是個農夫，他跟我說那是隻好狗，拿一百鎊來他也不換。農夫告訴我，他可以把田鼠全獵光。噢！天呀！」愛麗絲很過意不去。「我又惹得他不高興了。」此時老鼠全力撥著水往遠處游去，攪得一池子水好不平靜。

愛麗絲在後頭輕聲呼喚著：「老鼠，回來嘛！不管貓呀狗呀，你不喜歡的我們都不提了。」老鼠這才轉過身，緩緩游了回來，他一臉慘白（一定是被她給氣的，愛麗絲心想），低聲顫抖回了一句：「我們先游上岸吧，上了岸我再告訴你我的過去，聽了你就知道我怎麼那麼討厭貓和狗。」

是該上岸了沒錯，池子裡陸陸續續跌進了好些動物，

有鴨、有度度鳥、有小鷹還有幾隻奇奇怪怪的動物，實在擠得很。愛麗絲帶頭，其餘大夥便跟著她一路游上岸。

3

跑腿比賽跟好長好長的尾巴故事

上了岸，這幾隻動物個個狼狽兮兮，不是一身濕羽毛拖在地上，就是渾身獸毛全貼在皮上，全身濕答答水滴個沒完，身體難受，心情也好不起來。

所以第一個得解決的問題當然就是怎麼把身體弄乾。大家來來回回討論了好一會，不過幾分鐘的時間，愛麗絲發現自己跟身邊的動物說起話不怎麼生分，好像小時候就認識了那樣。愛麗絲先是和鸚鵡拌起嘴來，說著說著鸚鵡繃起臉，拋下一句：「我年紀比你大，懂的事情當然比你

多。」就不說話了。這愛麗絲可不能接受，誰叫鸚鵡又不明講他幾歲。於是兩人就不講話了。

　　後來老鼠提起嗓子對大家說：「大家都過來坐下吧，我保證等下馬上讓你們覺得乾到不行。」這裡面，就屬老鼠看起來像個人物。大夥兒於是趕緊圍著老鼠坐了下來。

愛麗絲哪兒都沒看，就巴巴望著老鼠，她知道要再不把身上給弄乾，沒多久她一定會感冒。

「嗯哼！」老鼠擺起架子，開口說道：「準備好要接招了嗎？這可是我這輩子聽過最最枯燥的事了。別說話別說話，聽好了：『征服者威廉者也，得教皇許，四征海外。旋即取英倫諸島，諸島之民，久無賢君，連年災禍。有愛德華與莫卡二氏，莫西亞、諾森比亞伯爵者也……』」

「呃！」鸚鵡打了個冷顫。

「怎麼？」老鼠有些不高興，但還是保持風度問道：「你有話要說？」

「沒沒沒！」鸚鵡連忙回著。

「我還以為你要說話呢！」老鼠應著：「好，我就接著講下去了。『有愛德華與莫卡二氏，莫西亞、諾森比亞伯爵者也，俯首稱臣。又有坎特伯里大主教，史提根氏，原一忠民也，見勢之……』」

「見四隻什麼？」鴨子問。

「是『勢之』好嗎。」老鼠沒好氣地應著：「『勢之』是什麼意思你應該懂吧。」

鴨子說：「我當然知道呀，我出門常常東看西看，不是見到四隻青蛙、就是看見四隻蟲。可你沒回答我的問題，到底主教看見四隻什麼呀？」

　　老鼠理都不想理，接著說了下去：「見勢之頹，遂偕亞瑟陵王覲見，北面稱臣。王者威廉，初恭政和治，後見諾曼部屬張目無紀……怎麼樣？你身上乾一些了沒？」老鼠轉過頭問愛麗絲。

　　「還是一樣。」愛麗絲憂心地說：「好像完全沒有用。」

　　度度鳥聽了便站了起來，嚴肅地說：「若如此，本席提出臨時動議，應先散會，再尋求其他更有效之補正措施。」

　　「請說白話好嗎？」小鷹開口了：「你剛說的話，有一大半我都聽不懂。再說了，我覺得連你自己也不懂那是什麼意思吧。」說完，小鷹撇過頭偷笑，還有幾隻鳥兒忍不住笑出聲來。

　　度度鳥惱惱地說：「我要說的是，大家要想趕緊把身體弄乾，最好的方法就是來場跑腿比賽。」

「跑腿比賽？那是什麼？」愛麗絲問道。她開口，倒不是真的多想知道那是怎麼一回事。只不過度度鳥話說到一半就停在那兒，好像等誰接話的樣子，但偏偏又沒人想開口，她就只好問了。

「這個嘛，」度度鳥回答道：「要把一件事情解釋清楚，最好的方法就是親身做做看。」（冬天來的時候，說不定你也會想親身試試，所以等等我會告訴你度度鳥是怎麼做的。）

首先，得先畫個跑道，大概可以兜成一圈就可以了。（「形狀不用太計較。」度度鳥說。）然後讓大家站上跑道，想站哪就站哪。沒有人會喊「一、二、三，跑！」什麼時候想跑，就什麼時候起跑。什麼時候想停，就自己停。到底比到什麼時候算比完，也沒人弄得清楚。總之，大夥跑了大概半小時左右，身上都差不多快乾了，這時候度度鳥忽然喊了聲：「停！比賽結束。」大家立刻圍到度度鳥身邊，氣喘吁吁問道：「誰贏了？誰贏了？」

一時度度鳥也答不上來，於是他坐了下來，一隻指頭倚在額頭上沉思（就像莎士比亞常在畫像裡擺的那個姿

勢）。大家也沒出聲，靜靜等著。最後度度鳥終於宣布：「每個人都是冠軍，應該人人有獎。」

「獎要誰來頒呢？」大家齊聲問道。

「這個嘛，當然就是她了。」度度鳥指向愛麗絲，所有鳥獸全圍到她身邊，此起彼落地喊著：「獎品！獎品！」

愛麗絲不知道該怎麼辦才好，實在沒辦法，她只好往口袋裡撈了撈，撈出一盒水果糖（還好沒泡到剛才眼淚池的鹹水）。她於是把糖果當作獎品發了，結果正好一人一顆。

「但她自己也應該有份獎品呀。」老鼠說。

「這是當然。」度度鳥也贊同，於是轉過身對愛麗絲說：「你口袋裡還有什麼嗎？」

「沒了，只剩一個頂針了。」愛麗絲說著，有些難過。

「來，拿給我吧。」度度鳥說。

大夥兒又圍到愛麗絲身邊。度度鳥舉著頂針，一臉莊嚴地說著：「獻上精巧頂針一枚，請收下。」

度度鳥說完，大家便歡呼起來。

愛麗絲覺得這實在荒唐得好笑，但看大家真把這當一

回事，倒也不敢笑了。她實在不知道該說什麼好，只好鞠了個躬，收下頂針，裝作也很慎重的樣子。

接著大夥兒便吃起糖來。吃糖也吃得一陣混亂。大的鳥抱怨糖小，根本嚐不出滋味。小的鳥則被糖噎住，還得要人幫忙拍背才沒哽著。還好最後終於風平浪靜了，大家又圍坐在一起，要老鼠再說說別的故事。

「你剛不是說要告訴我你先前的遭遇嗎？」愛麗絲說。「還有，你為什麼討厭那個ㄇㄧㄠ跟ㄍㄧㄡˇ呀？」愛麗絲小聲說著，怕又惹得老鼠不高興。

「說起我的遭遇就跟我的尾巴一樣，是曲折又心酸。」老鼠回過身看著愛麗絲，嘆了口氣說。

「你的尾巴確實不怎麼直，說是曲折也可以。」愛麗絲看著老鼠的尾巴，實在好奇：「但尾巴哪會心酸呢？」老鼠繼續往下說著他的故事，但愛麗絲心裡還是想著尾巴為什麼會心酸，所以故事也大概只聽了這樣：

惡狗發利
　　在屋裡，
　　　碰上我就
　　　　沒好氣：
　　　　　說要告我
　　　　　上法庭，
　　　　不容我來
　　　辯分明。
　　　只因今日
　　他發慌，
　就要告我
上公堂。
　　我費心思
　　　　對他講：
　　　　　「法官陪審
　　　　　　不在場，
　　　　　　　這種審判
　　　　　　沒立場。」
　　　　　狡猾惡狗
　　　　竟脫口：
　　　　「法官陪審
　　　我來扮。
　　一人審案
　　　全包辦，
　　　　包准要了
　　　　　你腦袋。」

「你根本沒在聽！」老鼠臉色一沉對愛麗絲說：「你在發什麼呆？」

「真對不起，」愛麗絲趕忙道歉說：「你講到第五個彎了吧。」

老鼠氣得高聲大喊：「還沒結呢！」

「打結了呀，」愛麗絲趕忙說道。她隨時隨地都想幫忙別人，於是四處張望了一下說：「我來幫你解開。」

「打什麼結？沒有哪裡打結。」老鼠說完立刻起身要走，邊走邊說：「聽聽你在胡說什麼，也太侮辱人了。」

「我真不是故意的。」可憐的愛麗絲趕緊求情道：「你動不動就生氣你知道嗎？」

老鼠沒答話，只是低吼了一聲。

「別走，回來把故事說完吧！」愛麗絲在老鼠身後喊著。大夥兒也跟著齊聲說道：「把故事說完吧！」老鼠老大不高興地搖搖頭，走得更急了。

「老鼠就這麼走了，真是！」老鼠的身影消失後，小鷹嘆氣說著。有隻螃蟹藉機對身邊的小蟹說：「女兒呀，這件事就告訴我們，千萬別隨便發脾氣。」

「夠了，媽！」小蟹回嘴道：「你再說連牡蠣那麼柔軟也會變得一肚子火。」

「真希望黛娜現在也在這兒，那樣就好了。」愛麗絲放聲說著，卻也不是真對著誰在講話。「黛娜在的話，就會去把他給叨回來了。」

「我可以冒昧問一下誰是黛娜嗎？」鸚鵡說。

愛麗絲最愛聊她的貓咪了，於是十分熱心地解釋道：「黛娜是我家的貓。她抓老鼠的本領可是一流，保證你想像不到。真想讓你看看她捕鳥的樣子。她只要那麼一瞄，馬上就可以把鳥兒吃進嘴裡了。」

這話一出，引起了一陣不小的騷動。幾隻鳥兒急忙逃走，有隻老喜鵲嚇得用翅膀把自己裹得緊緊的說著：「我得回家了，夜風吹得我嗓子難過。」另外一隻金絲雀顫抖地對他的孩子說：「來吧，孩子們，你們早該上床睡覺了。」大夥紛紛找了個藉口搪塞，全都走了，只留下愛麗絲一個人。

「早知道不要提黛娜就好了。」她悶悶地說：「在這裡好像沒人喜歡黛娜。可我知道世上沒有貓比得上黛娜。

噢！我可愛的黛娜，誰知道我還能不能再見到你呢？」說到這兒，無助的愛麗絲覺得好孤單好沮喪，於是又哭了起來。過了一會兒，遠處又傳來細碎的腳步聲，愛麗絲立刻抬起頭張望，暗自希望是老鼠回心轉意，要回來把故事說完。

4

兔子派來小比爾

　　眼前來的是白兔，他四處東張西望、沿路一步一步走回來，急著在找什麼東西的樣子。愛麗絲聽見白兔喃喃自道：「公爵夫人！公爵夫人呀！噢我的老天兔掌、我的老天兔毛兔鬚呀！公爵夫人肯定會砍了我的頭，就像雪貂見了兔子就要撲，我死定了。這東西到底能丟到哪裡去呀？真想不透。」愛麗絲沒一會兒就猜到，白兔在找扇子跟山羊皮手套，她也好心幫忙四處東看西找，但什麼也沒看到。她掉進眼淚池後，周遭似乎變得不大一樣了，大廳、

玻璃桌、小門統統都不見了。

　　白兔沒一會兒就看見愛麗絲。愛麗絲正忙著幫他找東西，白兔竟不大客氣地對她吼著：「瑪莉安，你在這幹嘛？現在快給我回去大宅裡去，拿把扇子跟一副手套來。」愛麗絲一驚，便這麼順著兔子指著的方向急忙跑去，都忘了跟兔子說他認錯人了。

　　「他一定是把我當成他家女傭了。」愛麗絲邊跑邊對自己說。「等他發現我不是女傭，一定會嚇一大跳。不過我還是去幫他拿手套扇子來好了，希望我找得到。」說著說著，愛麗絲走到一所美麗的小房子前，屋門上掛著面銅牌，擦得晶亮，上頭刻著「白兔寓」。愛麗絲門也沒敲就進去了，匆匆上了樓，就怕跟真的瑪莉安碰上了，手套扇子還沒找到就被趕出去。

　　「說起來也真怪！」愛麗絲對自己說：「我竟然替隻兔子跑腿。這樣下去，我看大概連黛娜也要差我去做事啦。」說完，愛麗絲就開始想像那場景。「愛麗絲小姐！來吧，散步時間到了！」「奶媽，我馬上就來。可是黛娜還沒回來，她要我替她看著老鼠洞，別讓老鼠跑了。」愛

麗絲接著又說：「不過，黛娜真要這樣使喚人的話，我想他們也不會讓她留在家裡了吧。」

　　就在這時候，愛麗絲走到個小房間，裡頭打理得很整齊，窗台邊有張桌子，不出她所料，上頭正擺著把扇子跟兩三副小巧的白色山羊皮手套。她拿了把扇子、挑了副手套，就要往門口邁去時，瞥見鏡子旁又有個小瓶子。這回，瓶身上沒寫「喝吧」兩個字，但她還是瓶塞一拔，就往嘴邊送了。「反正喝下去一定會有好玩的事情發生。」愛麗絲對自己說：「之前吃什麼喝什麼都是這樣。那就來看看這瓶子裡的東西有什麼功效。希望喝了我能再變大，一直這麼小，好沒意思。」

　　瓶子裡的東西確實讓愛麗絲變大了，不過效果超出她預期太多了。她才喝不到半瓶，頭竟然已經頂到天花板了，不弓著身子還怕脖子會擠斷。愛麗絲趕忙丟掉瓶子，直說：「夠了夠了，希望別再長了。長得這麼大，我走不出去呀。剛才要是少喝點就好了。」

　　可惜呀，現在才想到已經太遲了。愛麗絲還是一直往上長、一直長。沒一會兒她只能整個人跪在地板上，但又

幾分鐘，連跪都沒辦法了。愛麗絲只能躺下，一手抵著門，
另一手抱著頭。但她還是繼續長呀長，長到她只好把一隻
手伸到窗外，一隻腳踩進煙囪。「要是再長，我也沒辦法
了。不知道我會變成怎樣？」愛麗絲對自己說。

　　幸好，神奇藥水的功效似乎就只有這樣了。愛麗絲沒
再繼續長大。可是愛麗絲還是高興不起來。要一個人身體
屈成這個樣子當然不舒服，再說她似乎再也走不出這個房

間了，也難怪她難過。

　　「待在家裡舒服多了。」可憐兮兮的愛麗絲想著：「身體不會忽然變大變小，也不會被老鼠兔子使喚來使喚去。我有點後悔跟著兔子跳下洞來了，不過……不過……猜不出之後會發生什麼事，這樣日子好像比較有趣。之前讀童話故事的時候我想過，要是那些不可能發生的事情真的發生了怎麼辦，誰知道現在竟然成真了。真該有本書把我現在碰上的事情記錄下來。等我長大了，我自己來寫一本好了。話說，我現在也算長大了，長得這麼大一個人。」愛麗絲有點落寞地說：「幸好，這兒沒地方可以讓我長得更大了。」

　　「話又說回來，」愛麗絲心想，「那我是不是就不會變老了？這樣想也算是個好處，永遠不會變成老婆婆，可是，這樣就得一直上課當學生了！噢，這我可不喜歡。」

　　「愛麗絲你還真是個傻瓜！」她對自己說，「你在這屋子裡要怎麼上課？你把這房間都塞滿了，哪有地方放書呀？」

　　愛麗絲就這麼跟自己聊起天來了，一來一往，左半邊

說完話，就換右半邊回答。過了一會兒，她聽見外頭有點動靜，就停了下來，聽聽外頭什麼狀況。

「瑪莉安！瑪莉安！」有個聲音說道，「現在就把手套給我拿來！」接著傳來腳步聲，躂躂躂躂上了樓梯。愛麗絲知道，是白兔來找她了。她嚇得發抖，抖到連整幢房子都跟著搖搖晃晃，她完全忘了自己現在可是比兔子大上千倍，用不著害怕。

沒一會兒工夫，白兔已經來到門口，準備要開門。可這房間門是朝內開的，愛麗絲的手肘不偏不倚正好抵在門後，所以當然打不開了。愛麗絲聽見白兔喃喃自語道：「門進不了，那我從窗戶進去總行吧。」

「不行。」愛麗絲心想。她等了一會，等到聽到白兔走到窗下附近，就把手伸出窗外，在空中握了一握。愛麗絲什麼也沒抓著，倒是聽見有人驚呼又摔了一跤，還有玻璃碎了的聲音。她猜一定是有誰跌到瓜棚或那之類的東西上了。

接著，傳來個怒氣沖沖的聲音，說著：「派特！派特！人跑到哪去了？」接著有個愛麗絲沒聽過的聲音答道：「來

了來了，俺在地上瓦乒果呀，撈爺！」

「挖什麼蘋果！」白兔氣呼呼地說：「快把我拉起來！」（又傳來一陣玻璃碎了的聲音。）

「來，派特，你告訴我窗子那兒是什麼東西？」

「好地，那是條收臂呀，撈爺！」

「是手臂，話都說不好的蠢蛋。哪來這麼大的胳膊？整扇窗都給堵死了。」

「對呀，是堵死了。可是撈爺，那真真是隻胳膊呀。」

「管它是什麼，總之不該在這兒出現的東西就不該在這兒。現在就把它弄走。」

接著有好一會兒沒什麼動靜，愛麗絲偶爾聽見有人一來一回說了幾句話，像是：「我不敢，撈爺，我真的不敢！」「我叫你幹嘛你就幹嘛，你這沒用的傢伙。」於是愛麗絲又伸出手，在窗外再捏了一把。這回傳來兩陣驚呼，更多玻璃碎了的聲音。「這裡到底有幾座玻璃瓜架呀？」愛麗絲心裡想著。「不知道他們還會出什麼招！會把我從窗口拉出去嗎？要是真能把我拉出去就好了。我實在不想待在這了。」

愛麗絲又靜靜聽了一會兒，外頭沒聲沒響的，後來才聽到車輪骨碌骨碌，還有好幾個人議論紛紛的聲音。愛麗絲又過了一會才聽懂他們在說什麼：「還有一把梯子上哪去了？我只搬得了一把。——比爾那還有一把！比爾！小子，把那把梯子搬過來，架在這個角落。不對不對，得先把兩把梯子接起來綁好，不然連一半都搆不到。這樣就夠了。可以了，別那麼挑剔。來，比爾，抓住這條繩子，屋頂還撐得住嗎？那塊屋瓦有點鬆，小心一點。噢！掉下來啦，大家閃開！（一陣東西摔破的聲音）——是誰踩到的？——我猜是比爾踩的。——誰要負責從煙囪鑽下去？不了，我沒辦法，你來好了。——這我也沒辦法。——比爾去好了。比爾，來！老爺派你鑽進煙囪裡。」

　　「比爾還得負責爬進來呀？」愛麗絲對自己說。「他們怎麼什麼都賴給比爾！拿再多東西跟我換我也不想變成比爾。話說，這壁爐實在有點窄，不過應該夠讓我把人踢出去了。」

　　愛麗絲伸長了腿，把腳往煙囪裡送，能送多遠就送多遠。等到聽見有隻小東西（她實在猜不出那是什麼動物）

順著煙囪窸窸窣窣爬到她腳邊的時候，愛麗絲對自己說：「我猜這就是比爾了吧。」說完，她腳一踹，然後就靜靜等著，看到底還會發生什麼事。

愛麗絲先是聽見眾人齊聲驚呼：「比爾飛出來啦！」接著又聽見兔子說：「在籬笆旁邊的那個誰，你快接住他。」一片沉默之後，說話聲忽然又此起彼落起來：「把他頭扶好——快拿白蘭地來——別把他嗆著了——老兄，你還好

嗎？——到底發生了什麼事？快告訴我們呀！」

有個虛弱的聲音，又尖又細的（「是比爾吧。」愛麗絲心想。）說道：「我也搞不清楚。不用再給我白蘭地了，多謝。我好多了。我腦袋實在太混亂了，也說不清楚。我只知道，有個東西像是盒子裡的彈簧小丑那樣彈了出來，然後我就像火箭一樣飛了出去。」

「你剛飛得還真的挺像火箭的。」大夥兒說。

「看來只好放火把房子燒了。」傳來兔子的聲音。愛麗絲用盡全力大喊：「你們要是敢燒房子，我就叫黛娜來把你們統統抓起來。」

外面馬上鴉雀無聲。愛麗絲想：「不知道再來還會出什麼招？他們要是有腦袋的話，就該把屋頂拆了。」又過了幾分鐘，他們好像又在張羅什麼似的，愛麗絲聽到兔子說：「先來個一車應該就夠了。」

「要來一車什麼？」愛麗絲想著，還沒能想多久，一陣石頭雨從窗口射了進來，有幾顆小石子正中愛麗絲的臉。「真是夠了，」愛麗絲說完便大聲喊道：「你們最好別再扔了。」語畢，窗外再度鴉雀無聲。

愛麗絲這才發現，剛才那些小石子一掉到地上竟然全都變成一塊塊小蛋糕了。於是她想到個好主意。「我如果吃了蛋糕，一定又會再變。我已經這麼大了，不太可能再變大，所以我猜吃蛋糕應該會讓我變小吧。」

　　於是愛麗絲拿了塊蛋糕一口吞下，發現自己馬上開始變小，心裡好高興。縮呀縮，等到身體縮到能走出房門，愛麗絲便立刻跑出去，一出去就碰上屋外一大群鳥獸。可憐兮兮的蜥蜴比爾在中間，左右各有一隻天竺鼠攙著，兩隻天竺鼠忙著拿一瓶不知道什麼東西給比爾喝。大夥一看見愛麗絲，全都朝她圍了過來。愛麗絲奮力拔腿跑走，沒一會兒就跑進一座樹林裡，終於安全了。

　　愛麗絲在樹林裡走來走去，「好，我要先設法長回我本來的大小，這是第一目標。再來就要想辦法進到那座漂亮花園裡玩。沒錯，這樣安排最妥當了。」愛麗絲對自己說。

　　這聽起來確實是個滿妥當的計畫，一步一步都仔細規劃過了，也不複雜，但難就難在愛麗絲壓根不知道要怎麼起頭。愛麗絲在林子裡焦急地東張西望，就在這時候，在

她正上方傳來小狗叫聲，愛麗絲急忙抬起頭來看。

一隻好大的幼犬睜著又大又圓的眼睛看著愛麗絲，怯怯地伸出前掌想要碰碰愛麗絲。「小可愛！」愛麗絲試著安撫小狗，對著他吹口哨。但心裡其實很怕小狗肚子餓了，會一口吃了自己。

愛麗絲也搞不清楚自己到底在幹麻，她拾起一條樹枝，朝小狗伸去。小狗立刻往空中躍起，興奮地叫著，往樹枝撲去，作勢要咬樹枝的樣子。愛麗絲趕緊躲到一大株薊草後面，怕自己會被小狗撲倒。愛麗絲從另外一頭竄出來，小狗又立刻追了過來，撲得太急，還翻了個觔斗。愛麗絲覺得自己簡直是在跟一匹拖車的馬在玩耍，隨時可能會被踩扁，於是又往薊草後頭鑽。小狗連續發動幾波攻勢，前撲後跳了好幾回，興奮狂吠個不停，最後終於累了，在遠遠那頭趴坐下來，舌頭掛在嘴巴外，不停喘著氣，圓圓大眼終於也微微瞇了起來。

這對愛麗絲來說可是逃走的大好機會。她立刻快步跑走，一直跑一直跑，跑到全身沒力，上氣不接下氣，跑到狗叫聲聽起來已經在遠處，她才停下來。

「這小狗還真可愛。」愛麗絲倚在一株毛莨上休息，順手摘了片葉子邊搧風邊對自己說。「要是我像本來那麼大，教他玩些新把戲一定很好玩。天呀！我都忘了要讓自己長回原來的大小了。讓我想想看，要怎麼樣才辦得到？不是得靠吃東西就是得靠喝東西吧。問題是，要吃什麼才行？」

這的確是最關鍵的問題。愛麗絲左顧右盼，身邊的花草都看了一遍，但好像沒有什麼看起來像是該吃或該喝的東西。愛麗絲身邊有朵蘑菇，幾乎跟她一樣高，她在蘑菇下探了探，接著繞著蘑菇左看右看、前看後看。忽然，她想到，應該也要看看蘑菇上頭有什麼才對。

愛麗絲踮起腳尖，從菇傘邊緣向上望，一望望到了藍色大毛毛蟲的一雙眼睛，毛毛蟲坐在蕈傘上，雙手抱胸，抽著水菸，壓根兒無視愛麗絲，對周遭一切都不理不睬。

5

毛毛蟲的忠告

毛毛蟲跟愛麗絲默默對望了好一會兒，最後毛毛蟲才拿出嘴上的水菸管，慢條斯理沒精打采地對愛麗絲說：「你是誰？」

這話問得不怎麼客氣。愛麗絲有些瑟縮地答道：「先生，其實我也不太清楚。今天早上起床的時候，我還知道自己是誰，但後來我變來變去，變了好多次，現在我也不太知道自己是誰了。」「你這話什麼意思？」毛毛蟲繃著臉說：「把你的話講清楚。」

「我沒辦法把我的話講清楚，因為我不是我呀。你明白吧。」

「我不明白。」毛毛蟲說。

「我也說不上來，」愛麗絲恭恭敬敬地回了話：「這是怎麼一回事我自己也弄不清。一天之內我忽大忽小變了好多次，變得我都糊塗了。」

「才不會。」毛毛蟲說。

「那只是您還沒體會到那滋味罷了。」愛麗絲說：「要是您結成蛹，這總有一天會到來的，您知道的吧。結了蛹又變成蝴蝶。我想您也覺得自己變得不一樣了，對吧！」

「一點也不會。」毛毛蟲說。

「好吧，也許您的感覺不一樣。我只知道，我覺得我自己不一樣了。」

「你！」毛毛蟲語帶不屑地又問了一次：「你是誰？」

這一問又回到原本的問題。毛毛蟲一直這麼沒頭沒尾的講話，也惹得愛麗絲不大高興。她挺直了身子，沉著臉說：「我覺得你才該先告訴我你是誰吧。」

「為什麼？」毛毛蟲說。

這問題實在不好答。愛麗絲想不出充分的理由。再加上毛毛蟲似乎也很不高興，於是她轉身要走。

　　「回來！」毛毛蟲叫住她。「我有要緊的事跟你說。」

　　聽起來確實比之前好一點。於是愛麗絲便回了頭。

　　「脾氣不要那麼差。」毛毛蟲說。

　　「就這樣？」愛麗絲邊說邊把怒氣往肚子裡吞。

　　「還有。」毛毛蟲又說。

　　愛麗絲想，反正她也沒有別的事情好做，就等等看好了，也許會聽到什麼有用的消息也不一定。等了好一會，毛毛蟲只是吐著水菸，沒說話。後來，他把胸前抱著的手張開來，拿出嘴角的水菸管，說：「你覺得自己變得不一樣了，對吧？」

　　「是這樣沒錯，先生。」愛麗絲說：「我記不得以前記得的事，就連身高也變個不停，大概每十分鐘就變一次。」

　　「記不得哪些事情？」毛毛蟲問。

　　「像我剛才本來打算要背〈小蜜蜂〉，結果嘴巴念出來的東西全都不對。」愛麗絲悶悶不樂地說著。

「那背〈威廉爸爸您老了〉給我聽聽。」毛毛蟲說。

愛麗絲把兩手背在背後，念道：

兒曰：

「威廉吾父人老邁。

頭髮雪花白，

竟天天倒頭栽，

年邁豈可胡亂來？」

父答：

「吾少曾懼傷腦袋，

今知無損又無害，

倒豎蜻蜓時時來。」

兒曰：

「威廉吾父人老邁。

心寬體也胖，

觔斗一翻入門來，

身手何處來？」

父撫白髮答：

「吾少購得一靈藥，

一塗筋骨保俐落，

一盒只要一先令，

兩盒賣你要不要？」

兒曰：

「吾父已老邁。

齒牙鬆動軟無力，

雞腿鵝掌竟啃淨，

究竟如何能辦到？」

父答：

「吾少執業為律師，

日日與妻相爭辯，

練得兩腮壯又壯，

一路受用至今矣。」

兒曰：

「吾父已老邁。

眼力卻極好。

鼻尖能豎魚一條，

請問其中何訣竅？」

父答：

「三問三答已足矣，

莫再窮追問。

鎮日哪來閒工夫，

下樓別再提。」

「背得不太對。」毛毛蟲說。

「應該錯很多吧。」愛麗絲怯怯地問：「有些字句都不太一樣。」

毛毛蟲毫不猶豫就說：「是從頭錯到尾。」說完兩人又沉默了好一會兒。

後來毛毛蟲先開了口：「你想變多大？」毛毛蟲問。

「我都好，」愛麗絲趕緊答道：「只要別再動不動就變大縮小就可以了。你明白的。」

「我不明白。」毛毛蟲說。

愛麗絲從小到大，從來沒有人這樣一直跟她唱反調，害得她都快發脾氣了。

「現在這大小，你可以接受嗎？」毛毛蟲又說。

「先生，要是可以的話，我想要稍微再長大一點點。只有三吋高實在太悲慘了。」

毛毛蟲聽了有些不高興，拉長了身子說：「三吋可是最完美的身高。」（他正好三吋高。）

「是我不習慣只有三吋高。」可憐的愛麗絲趕緊討饒。但心裡卻想著：「這傢伙怎麼動不動就生氣。」

「過一陣子你就會習慣了。」毛毛蟲說完又把水菸嘴塞回嘴裡，抽了起來。

這回愛麗絲耐著性子慢慢等著，看毛毛蟲什麼時候要再開口。過了幾分鐘，毛毛蟲又把菸嘴抽了出來，打了幾個呵欠，抖抖身子後爬下蘑菇，往草裡爬去了，爬著爬著拋下一句：「一邊會變大、一邊會變小。」

「什麼東西的一邊會變大、一邊會變小？到底是什麼？」愛麗絲心裡想著。「蘑菇呀！」毛毛蟲竟然回答了，彷彿愛麗絲剛才把心裡的話問出聲來似的。沒一會兒，就不見毛毛蟲蹤影了。

愛麗絲盯著蘑菇認真推敲了好一陣子，想知道到底哪一邊是哪一邊。可那蕈傘是正正一個圓，這問題實在不好解。最後，愛麗絲兩手伸長一抱，左右兩手各扒了一塊菇肉下來。

「哪邊大、哪邊小呢？」愛麗絲問了問自己，說完就咬了右手上的菇肉一口，想看看身體會有什麼變化。才剛吃下肚，忽然不知道什麼東西馬上狠狠撞上了愛麗絲的下巴，誰知道那居然是她的腳。

這一縮把愛麗絲嚇壞了，不過她知道身體縮得這麼快，自己沒時間可以浪費，於是趕緊轉頭要吃左手上的菇肉。她的下巴就這麼緊緊扣在腳掌上，嘴巴實在好難張開，不過愛麗絲最後還是順利撐開嘴，吞下左手上的菇肉。

「呼！我的頭終於又能動啦！」愛麗絲先是欣喜歡呼，但歡呼慢慢變成了驚呼，因為她的肩膀不知道到哪兒去了。她低頭看不到肩膀，只看到好長好長的一條脖子，從底下一片樹海裡探了出來。

「下面那些綠綠的到底是什麼東西呀？我的肩膀到底跑到哪裡去了？噢，我的手呀，我怎麼看不見你們在哪兒呢？」愛麗絲邊問邊試著揮舞揮舞自己的手，但還是沒看到手在哪，只看見有些樹葉在低處左右稍稍搖動幾下。

既然伸手搆不到頭，那就只好彎下脖子去找手了。愛麗絲脖子一彎，發現自己想往哪兒彎，脖子就可以往哪兒去，簡直像蛇一樣靈活。愛麗絲學會怎麼優雅地把脖子左一右、一左一右地疊攏在一起，準備探頭往樹梢看，才發現底下就是自己原先走進的那個樹林。這時候，忽然有

個聲音呼嘯而來，嚇得愛麗絲脖子趕緊往回縮。有隻大鴿子飛到愛麗絲面前，不停用翅膀猛打愛麗絲。

「你這壞蛇！」鴿子尖聲罵道。

「我才不是蛇！別來弄我！」愛麗絲氣呼呼說著。

「我說你就是蛇。」鴿子還是繼續罵著，但聲音卻有些黯然，語帶哽咽：「我什麼法子都試過了，但他們怎樣就是不放過我。」

「我聽不懂你在說什麼。」愛麗絲說。

「我在樹根築過巢，河岸邊築過巢，樹籬上也試過。」鴿子自顧自地繼續說著，沒理會愛麗絲：「可是這些蛇很可惡！不管搬到哪，都甩不開他們。」

愛麗絲越聽越迷糊，但她知道，鴿子沒講完她也很難插上話。

「難道孵蛋還不夠辛苦嗎？我還得日日夜夜守著防著那些蛇。唉，我已經三個星期沒闔眼睡過覺了。」鴿子說。

愛麗絲稍稍聽懂鴿子在說什麼了，於是說：「你被氣成這樣，真是可憐。」

「我好不容易佔住林子裡最高的樹了，」鴿子越說聲

音越尖越激動：「以為自己好不容易可以擺脫那些蛇了，竟然還是有蛇從空中左扭右扭爬到這來。壞蛇！」

「我說了我不是蛇。我是……我是……」愛麗絲說。

「說啊，你不是蛇是什麼？看就知道你在胡亂瞎扯。」鴿子說。

「我是個小女孩。」愛麗絲語帶遲疑地說著，因為她說著說著想起了今天自己一直變來變去變不停。

「真的呀！」鴿子不屑地回答：「我這輩子見過的小女孩可多著呢，但沒見過像你這種脖子這麼長的。騙人騙人，你明明就是條蛇，再扯謊也沒有用！你接下來是不是要跟我說你這輩子沒吃過蛋呀！」

「我當然吃過蛋。」愛麗絲據實回答，誰叫她是個說不了假話的孩子。「你知道小女孩跟蛇一樣也會吃蛋嗎？」

「我才不信你。我只能說，小女孩如果也吃蛋，那她們就算是蛇了。」

這愛麗絲倒是沒有想過，有好幾分鐘她就這麼靜靜愣著，這倒給了鴿子機會繼續說教：「你在找蛋在哪裡對吧！

反正我只要知道這個就夠了。管你是小女孩還是蛇，我才不在乎！」

「可是我在乎！」愛麗絲連忙回話：「而且我真的不是在找蛋。我就算要吃蛋，也不吃你的。我才不喜歡吃生蛋。」

「好呀，那你就快滾吧。」鴿子氣呼呼說著，說完就回巢裡孵起蛋來。

愛麗絲費了好大工夫才慢慢蹲了下來，因為脖子老是跟樹枝纏在一起，動沒兩下就得停下來解開。又過了好一會兒，愛麗絲才想起自己手上還有沒吃完的蘑菇，於是她小心翼翼地左咬一口、右咬一口，一會兒往上長，一會兒往下縮，慢慢慢慢終於變回她平常的大小了。

隔了好久才終於變回自己原本的樣子，愛麗絲起初還有點不習慣。不過沒多久就好了，她跟自己說：「好啦！我的計畫已經達成一半了。一直變來變去真是讓人摸不著頭緒，根本不知道自己下一分鐘會變什麼樣子。總之，變回來了就好。再來就是要想辦法進到那漂亮花園裡去。要怎麼進去呢？」愛麗絲說著說著就走出了林子，前面有間

小房子，約莫四呎高。「不管這裡住了什麼人，我人這麼高走過去，誰碰上我誰嚇到。」愛麗絲不敢貿然往屋子那走去，而是又吃了幾口右手上的蘑菇，等自己縮小到大約九吋高，才走了過去。

6

豬和胡椒

愛麗絲站著看了那房子看了好一會兒，正猶豫著該怎麼辦，忽然有個穿著制服的男僕從樹林那兒快步走上前去，抬起手大力叩門。（要不是那一身制服，愛麗絲絕不會想到那傢伙是個男僕，如果只光看臉，愛麗絲一定會說那是條魚。）門開了，開門的是另一個穿制服的男僕，一張圓臉兩隻大眼，活像隻青蛙。愛麗絲發現，這兩個男僕都頂著一頭捲捲的假髮，上頭還撒了香粉。愛麗絲實在太想知道到底這是怎麼一回事，於是爬到樹林邊偷聽他們說

話。

　魚男僕先是拿出手夾著的一封信，那信幾乎跟他一樣大。他把信交給蛙男僕，一本正經的說：「皇后來信，邀公爵夫人打槌球。請轉交公爵夫人。」蛙男僕也一本正經的複誦著差不多的句子：「轉交公爵夫人，收到皇后來信邀公爵夫人打槌球。」

　說完兩人向彼此鞠躬行禮，一彎腰兩個人的假髮都纏在一起了。

　愛麗絲看到忍不住笑出聲來，於是趕緊跑回樹林裡，怕被那一魚一蛙聽見了。她再從樹林走回來時，已經不見魚男僕的蹤影了，只有蛙男僕坐在門邊地上，傻呼呼地望著天。

　愛麗絲怯怯地走到門前敲了敲。

　「不用敲了，敲也沒用。」蛙男僕說：「我現在跟你一樣都在外面，所以不會有人來應門。再說了，裡面的人那麼吵，沒人聽得到敲門聲。」門內確實傳來好大聲響，有人在咆哮、有人打噴嚏，時不時還會有東西摔破的聲音，聽起來像是盤子還是茶壺碎掉的樣子。

「請問我要怎麼進去呢？」愛麗絲說。

「要是我跟你中間隔著道門，那敲門還有點用。」蛙男僕自顧自說著，沒搭理愛麗絲。「比方說你在裡面好了，你敲敲門，我還可以開門讓你出來。」他說話的時候老是望著天空，愛麗絲覺得這實在太不禮貌。「不過或許他也是不得已，」愛麗絲對自己說：「畢竟他那雙眼睛就正好生在頭頂上。說不定問他問題他還是會回答的。」於是愛麗絲提起嗓門又問了一次：「請問我要怎麼進去？」

蛙男僕說：「我會在這兒，坐到明天——」

這時候，門忽然開了，飛出一只盤子，直往蛙男僕頭上去，最後擦過他鼻子，砸中他身後面的一棵樹，碎了。

「說不定還會坐到後天。」蛙男僕繼續說著，若無其事的樣子。

「我要怎麼進去？」這回愛麗絲又更大聲問了。

蛙男僕反問：「你能進去嗎？這才是你該先問的問題。」

話是這麼說沒錯。可是愛麗絲不喜歡有人這麼跟她說話。「這裡的動物說話的口氣都很討人厭，很難不讓人抓

狂。」愛麗絲喃喃自道。

　　蛙男僕大概覺得機會來了，於是又把剛才說的話再說一次，只是這次添了點變化：「我會在這兒，坐呀坐的，一天又一天。」

　　「那我該怎麼辦？」愛麗絲問。

　　「你想怎麼辦就怎麼辦。」蛙男僕說完吹起了口哨。

　　愛麗絲實在無奈，便對自己說：「唉，跟他講也是白講，他根本就是個笨蛋。」說完，她便自己推了門進去了。

　　一進門馬上就是個大廚房。整間廚房全是煙。公爵夫人在廚房中央，坐在把三腳凳上，手上抱著個嬰兒。廚娘在火爐邊，彎著腰忙著攪動一大鍋看起來像是湯的東西。

　　「這湯裡面一定擺了太多胡椒了。」愛麗絲邊打噴嚏邊說。

　　廚房裡頭確實滿滿都是胡椒味。就連公爵夫人也時不時打幾個噴嚏。她手上的寶寶更是，不是嚎啕大哭就是狂打噴嚏，沒一刻安靜。整個廚房裡沒打噴嚏的只有兩個，一個是廚娘，另一個是隻大貓咪，蜷在爐邊地上，咧開了嘴笑著。

　　「可不可以請您告訴我，您家貓咪為什麼會這樣咧著嘴笑呀？」愛麗絲問得有些不安，因為她不知道由自己先開口說話禮不禮貌。

　　「為什麼？因為那是隻柴郡貓呀。豬腦袋！」最後這三個字公爵夫人罵得特別大聲，嚇得愛麗絲整個人彈了起來。不過沒一會兒，愛麗絲發現公爵夫人是在罵寶寶，不是在罵她，於是她又鼓起勇氣開了口：「我不知道原來柴

郡貓會咧嘴笑。應該說，我不知道原來貓咪是會笑的。」

「所有的貓咪都會笑。大部分的貓咪都會咧嘴笑。」
公爵夫人說。

「我沒有見過會笑的貓。」愛麗絲很有禮貌地回答
著，心裡很高興，覺得終於能有對得上話的人。

「那你見過的東西也未免太少。就是這樣。」公爵夫
人說。

愛麗絲不大喜歡公爵夫人說話的口氣，想著要找點別
的話題來聊。就在她忙著想話題的時候，廚娘把湯鍋從火
爐上端走，接著就拿起手邊的東西往公爵夫人跟寶寶身上
砸。先飛來了幾把撥火鉗，接著鍋子碟子盤子齊發。但公
爵夫人完全沒反應，就算砸中她也不理會。寶寶原先就哭
得厲害，所以也看不出究竟是不是被砸傷了。

「請你小心點好不好！」愛麗絲嚇得直跳腳，忍不住
大喊。忽然一隻大得不得了的平底鍋朝寶寶的鼻子飛去，
差點沒把鼻子給削掉。「噢，小心寶寶的鼻子！」

「如果這世界上每個人都把自己份內的事做好，地球
就會轉得快一點。」公爵夫人低吼道。

「那可不是好事。」好不容易終於有機會拿學過的東西出來表現，愛麗絲心裡很高興。「你想，這樣白天跟晚上會變成什麼樣。你知道嗎？地球繞著地軸轉一圈得花上二十四個小時……」

「管它什麼地的軸，我要她的頭。給我砍下來。」公爵夫人說。

愛麗絲看了廚娘一眼，生怕廚娘真要動手。幸好廚娘忙著攪湯，似乎沒聽見公爵夫人的命令。於是愛麗絲又接著說：「我想應該是二十四小時沒錯吧。還是是十二小時嗎？我……」

「別拿數字來煩我。我最討厭數字！」公爵夫人說完便搖起了孩子，邊搖邊唱了歌要哄寶寶睡。每唱一句，公爵夫人就用力甩甩寶寶一下。

> 吼吼你的寶寶，
> 打噴嚏就揍他，
> 看他還敢胡鬧，
> 搗蛋不睡覺。

唱到這兒，廚娘跟寶寶也一起和著：

哇！哇！哇！

唱到第二段時，公爵夫人卯足了力上下搖晃嬰兒，寶寶嚎啕大哭，愛麗絲幾乎聽不清公爵夫人唱了什麼：

吼吼我的寶寶，
打噴嚏就揍他，
要他好好享受，
滿屋胡椒味道。

合聲：

哇！哇！哇！

「來，他就交給你了。」公爵夫人才對愛麗絲這麼說著，便把寶寶扔到她手裡。「我得準備準備，要去陪皇后

打槌球了。」說完她人就走了。公爵夫人走出廚房的時候，廚娘朝她扔了個煎鍋，但沒砸中。

這寶寶實在不好抱，愛麗絲好不容易才把他抱牢。因為這嬰兒生得奇怪，手呀腿呀居然東西南北四處亂伸。「活像隻海星一樣。」愛麗絲心想。寶寶到了愛麗絲手上，鼻子還咻咻打著噴嚏，響得像個蒸汽火車頭似的。一會兒全身縮成一團，沒一會兒又把身體伸展開來，所以起先幾分鐘，光是琢磨怎麼抱他就費了愛麗絲好大的工夫。

後來，愛麗絲找到了個好手勢來抱寶寶。她把寶寶的手腳像打結一樣扭在一起，順道把右耳跟左腿也抓住，省得寶寶又攤成一團。愛麗絲把寶寶抱到外面，心想：「如果我沒把這小孩帶走，不出幾分鐘一定會被他們弄死的。」愛麗絲想著想著便說：「要是把他留下來不就等於是害死他嗎？」這時候，手上那小傢伙似乎聽懂似的哼了兩聲回應（他終於不打噴嚏了）。「別用哼的，這樣說話可不禮貌。」

寶寶又哼了兩聲，愛麗絲怕寶寶不對勁，趕緊看看他的臉。一隻高高鼻管，一點也不像人的鼻子，倒有幾分像

豬鼻。而且寶寶的眼睛也變得好小，沒有嬰兒有那麼小的眼睛。總之，那傢伙的長相愛麗絲實在不喜歡。愛麗絲心想：「說不定他只是在哭而已。」於是又低頭看看寶寶的眼睛，看他是不是哭了。

半滴眼淚也沒有。「寶

寶呀，如果你變成了一隻豬，那我就管不了你了，知道嗎！」那可憐的小傢伙又嗚嗚咽咽了幾聲（或者應該說又哼了幾聲，實在很難聽得出那到底是什麼聲音），兩人就這麼默默相對了好幾分鐘。

愛麗絲心裡盤算著：「回家的時候，我要拿這小東西怎麼辦呢？」這時候，寶寶又大聲哼了好幾下，愛麗絲低頭一看嚇了一大跳。這回確實沒有看錯，愛麗絲手上抱著的真的就是一隻豬。愛麗絲想，要是再這麼抱著一隻豬走，那不是太可笑了。

於是她放下小豬，看著小豬快快跑進林子裡，心裡鬆了口氣。「他如果是個小孩，長大之後，一定是個很醜的孩子。但起碼他還能當隻漂亮的豬。」想著想著，愛麗絲想起自己認識的小孩，好奇有誰變成豬也會很不錯。「前提是要有人知道怎麼把他們變成豬……」。愛麗絲說到一半便發現柴郡貓就坐在不遠的樹枝上。

見到愛麗絲，柴郡貓一直咧嘴笑著。他看起來像是隻好貓。不過看他爪子長、牙齒尖，愛麗絲打算說話還是恭敬一點好。

「柴郡貓，」愛麗絲怯懦懦地開了口。她實在不知道那貓喜不喜歡人叫他柴郡貓。不過眼見柴郡貓咧嘴笑得更開了，愛麗絲想：「好，至少他沒有不高興。」於是她接著問：「可不可以請你告訴我，我應該往哪裡去？」

「那得看你想往哪裡去。」貓說。

「哪裡都可以……」愛麗絲說。

「那就去哪都可以。」貓說。

「……只要我能到得了某個地方。」愛麗絲趕緊補了一句。

「只要你走得夠遠，一定能到得了某個地方的。」貓說。

愛麗絲覺得貓這麼說也不是沒有道理，於是又問：「這附近都住著什麼樣的人呢？」

「那邊，」柴郡貓舉右掌比了一下，說「住著個帽匠。」然後又舉了左掌說：「那邊住的是三月兔。你想去誰家都無所謂，反正他們倆都是瘋子。」

「可是我不喜歡跟瘋子在一起。」愛麗絲說。

「這可不是你可以選的，只要出現在這裡的人，都是

瘋子。我是瘋子，你也是瘋子。」

「你又知道我是瘋子了？」愛麗絲說。

「你不是瘋子就不會出現在這裡。」貓說。

愛麗絲不覺得他有理，但還是又問了：「那你怎麼知道你自己瘋了？」

「我先問你，狗不是瘋子。你同意嗎？」

「是吧。」愛麗絲說。

「很好。」貓接著說：「狗是這樣的。生氣的時候吠，開心的時候搖尾巴。我開心的時候吠，生氣的時候搖尾巴。這就證明了我是瘋子。」

「貓開心的時候應該是打呼嚕，不是吠吧。」愛麗絲說。

「隨你想怎麼稱呼都可以。你今天會去跟皇后打槌球嗎？」貓問。

「我很樂意。不過沒人邀請我。」愛麗絲說。

「你去了的話就會看到我。」貓話一說完就消失不見了。

愛麗絲倒是沒被這嚇到。這兒奇奇怪怪的事情太多，

她已經習慣了。愛麗絲仍盯著剛才貓消失的地方,忽然柴郡貓又現身了。

「對了,寶寶呢?我差點忘了問。」貓說。

「變成一隻豬了。」愛麗絲很鎮靜地回答,彷彿貓忽然憑空出現很正常似的。

「跟我想的一樣。」說完,貓又消失了。

愛麗絲在原地等了好一會兒,想等等看柴郡貓會不會再出現,可是沒等著。又等了幾分鐘,還是沒有,愛麗絲便往三月兔的家走去。「帽匠我以前見過了,三月兔應該

比較有趣。況且現在已經是五月了，三月兔應該會比較正常一點吧。無論如何不會像三月的時候那麼瘋吧。」愛麗絲說著說著抬起了頭，望見柴郡貓坐在枝頭。

「你剛說寶寶變成『豬』還是『菇』？」

「是『豬』。還有，你可不可以不要一下就變不見，然後忽然又冒出來。這樣讓人頭很量。」愛麗絲說。

「好吧！」於是這回柴郡貓消失得很慢。從尾巴末梢開始漸漸消失一點一點，咧著笑的嘴是最後消失的。全身都看不見了，它的嘴還咧在那好一陣子，最後才慢慢不見。

「沒笑臉的貓我見過，但沒想到居然還有只有笑沒臉的貓。有比這更古怪的事情嗎？」

愛麗絲走沒多遠就看見三月兔的家。愛麗絲會這麼猜是因為房子的煙囪長得像一對兔耳朵，屋頂上還鋪著毛。那房子很大，愛麗絲沒吃幾口左手上的香菇，可不會輕易走過去。這回她長到大約兩呎高了，但走上前去的時候不免還是有點害怕，愛麗絲對自己說：「要是三月兔瘋得不得了怎麼辦？我剛才好像應該去找帽匠才對。」

7

瘋茶會

屋外有棵樹，樹下擺著張餐桌，三月兔跟帽匠坐在桌邊喝茶。他們倆中間坐著隻睡鼠，沉沉睡著，於是兩人便把睡鼠當作靠墊，一人一隻肘子枕在睡鼠身上，就這麼隔著睡鼠的腦袋瓜聊起天來。「那隻睡鼠一定很不舒服吧。不過他睡成那樣，大概也不在乎吧。」愛麗絲心想。

吃茶的那張餐桌明明不小，那三個人卻硬要擠在桌子一角，看見愛麗絲走上前來，立刻大喊：「坐不下了！坐不下了！」愛麗絲氣得直說：「明明就還有很多位子。」

說完便在餐桌另一頭一張扶手椅上坐了下來。

「來點酒嗎？」三月兔殷勤問著。

愛麗絲往桌上看了看，只看見茶。「哪裡有酒，沒看見呀？」愛麗絲說。

「對呀，是沒有酒。」三月兔說。

「那你還請我喝酒，好沒禮貌。」愛麗絲氣忿忿地說著。

「那麼，沒人請妳來，你就自己坐了下來不是也很沒禮貌。」三月兔說。

「我剛才不知道原來這桌子只給你們三個喝茶，上頭的杯盤又不只三副。」

「你的頭髮得剪了。」帽匠開口了。他從剛才就直瞅著愛麗絲看個不停，劈頭第一句話竟是這個。

「你該學學禮貌了。不可以隨便這樣講別人，很沒禮貌。」愛麗絲一本正經地說著。

聽到愛麗絲這麼說，帽匠的眼睛瞪得又大又圓。可是他再開口時說的卻是：「烏鴉跟書桌哪裡像？」

愛麗絲聽了心想：「對嘛，應該玩點好玩的才對呀！」

想著想著愛麗絲說了出口：「要猜謎語，真是太棒了。這題我應該猜得到才對。」

「你是說你覺得能自己找到答案嗎？」三月兔問。

「沒錯。」愛麗絲說。

「你心裡那樣想的話，就該照那樣說出來。」三月兔又說。

「我是呀。最起碼，我說出來的就是我心裡想的。這

基本上差不多，好嗎？」

「完全不一樣。」帽匠說：「照這樣講的話，你也可以說『我看見我吃的東西』跟『我吃我看見的東西』是一樣的囉！」

三月兔趕緊補了一句：「那『要得到的東西我都喜歡』跟『喜歡的東西我都要得到』也是一樣的嗎！」

這時睡鼠也開口了，似醒非醒地說著：「不然你乾脆說『睡著的時候我在呼吸』跟『在呼吸的時候我睡著了』也是一樣的好了。」

「在你看來也許是差不多。」帽匠說。帽匠說完便沒人再接話了。四人靜靜坐著好一會兒，沒人開口。此時愛麗絲正絞盡腦汁想著烏鴉跟書桌有什麼共通點，但實在想不到。

再度打破沉默的是帽匠。他轉過頭問愛麗絲：「今天是幾號？」說完便從懷裡掏出一隻錶，緊張兮兮地盯著錶看，不時搖搖那錶，或是把錶湊到耳朵旁聽。

愛麗絲想了一想，告訴帽匠：「今天是四號。」

帽匠嘆了口氣說：「晚了兩天！」接著他又惡狠狠瞪

著三月兔說：「我就說奶油沒有用！」

「但那可是上好的奶油。」三月兔懦懦地說著。

帽匠不滿地說：「是沒錯，但麵包屑也跟著被塗上去了。你那時候不該用奶油刀塗的。」

三月兔一把拿過懷錶，悶悶不樂地望著錶，接著便把它泡進眼前那杯茶裡，再拉出來看看。看完他還是剛才那句老話：「但那可是上好的奶油。」

愛麗絲在三月兔身後看得津津有味，忍不住讚嘆：「這錶也太奇妙了，不報時居然報日期！」

「錶何必要報時？」帽匠問：「難道你的錶看得出現在是哪一年嗎？」

「不用呀，」愛麗絲一口回道：「一整年三百六十五天不都停在同一年嗎？」

「所以我的手錶不報時。」帽匠說。

愛麗絲聽得實在糊塗了。帽匠說的每個字她都知道，可是她怎麼聽不懂。於是愛麗絲客氣問道：「你說什麼我沒聽懂。」

「睡鼠又睡著了。」帽匠說完便往睡鼠的鼻子上灑了

些熱茶。

睡鼠不大高興，甩了甩頭，眼睛睜也沒睜便開口說：「對！對！我正打算這麼說！」

「謎底你猜出來了嗎？」帽匠轉過頭問愛麗絲。

「猜不出來，我放棄了。」愛麗絲問：「謎底到底是什麼？」

「我根本不知道。」帽匠說。

「我也不知道。」三月兔也說。

愛麗絲意興闌珊，嘆了口氣說：「你們不該把時間浪費在沒有謎底的謎語上，應該要善用時間才對。」

「如果你跟我一樣，跟時間老兄是朋友的話，你就不會說要善用時間，而會說要善待時間了。」

「我不懂。」愛麗絲說。

「你當然不懂了！」帽匠搖搖頭，一副自以為是的樣子說道：「我敢說你肯定沒跟時間說過話對吧。」

「就算我沒跟時間說過話，至少我知道演奏打拍子要打在對的時間點上。」

「對了！這就是問題所在。」帽匠說：「時間老大可

受不了人家打他。如果你跟他好言好語的，你想要他怎麼幫你，他就會怎麼幫你。比如說，現在是早上九點好了，才剛剛開始上課，你只要跟時間老兄悄悄打個暗號，時針分針馬上就那麼一轉，立刻變成一點半，午餐時間到了！」

（「如果真是這樣就好了。」三月兔暗自咕噥道。）

「聽起來確實不錯，」愛麗絲邊說邊想著：「不過話說回來，這樣我肚子根本還不餓呀！」

帽匠說：「沒錯，一開始你可能不餓。可是你可以讓時間一直停在一點半，想停多久就停多久。」

「你就是這樣用時間的呀？」愛麗絲問。

帽匠神色黯敗，搖搖頭說道：「這由不得我。今年三月，就在他發瘋之前（說著便拿著湯匙指了指三月兔），時間老兄跟我翻臉了。那天在紅心皇后辦的音樂會上，我唱著：

一閃一閃黑簌簌

滿天都是小蝙蝠？」

「這歌你聽過吧？」

「有點像我聽過的另一首歌。」愛麗絲說。

「這首歌後面是這樣唱的：

掛在天上漫四處

好像許多小茶壺

一閃一閃……」

聽到這兒，睡鼠搖頭晃腦、半夢半醒地跟著反覆和著：「一閃一閃，一閃一閃……」睡鼠唱得沒完沒了的，他們只得捏他一下好讓他別再唱了。

「總之，那天我第一段都還沒唱完，皇后就起身大吼：『這根本就是在謀殺時間！快把他的頭給砍了！』」

「就從那天起，時間老兄就再也不理我了。那之後，時間就一直停在六點不走了。」

愛麗絲豁然開朗，問道：「所以這桌上才擺滿了午茶的杯盤是嗎？」

「沒錯。」帽匠搖了搖頭歎息道：「時間就一直停在午茶時分了，我們沒空洗。」

「於是你們就一直換位子坐，對嗎？」愛麗絲又說。

「是呀。用髒了就換位子。」

「那又坐回原位的時候怎麼辦？」愛麗絲忍不住追問。

「講點別的吧！」三月兔打斷愛麗絲的話，邊打著呵欠說：「這聽得我發煩，我提議，請小姑娘說個故事給我們聽吧！」

「故事什麼的我都不太熟。」聽到這提議愛麗絲急了，趕緊這麼回答。

「那讓睡鼠來說故事好了！」帽匠跟三月兔異口同聲說著。「睡鼠！快醒醒！」說完便一左一右往睡鼠身上擰了一下。

睡鼠睜開惺忪睡眼，直說：「我沒睡著，你們剛說的每一個字我都聽到了。」聲音聽起來昏沉又無力。

「跟我們說個故事吧！」三月兔說。

「對呀，說吧說吧！」愛麗絲也一起拜託起睡鼠來。

「而且得說快一點，不然故事還沒說完你又要睡著了。」帽匠補了一句。

「從前從前，有三個姊妹，分別叫做愛兒、麗兒、絲兒。姊妹三人住在一口井的井底。」睡鼠劈哩啪啦很快說了一串。

「那她們吃什麼？」愛麗絲問道。這孩子總是對吃吃

愛麗絲夢遊仙境　103

喝喝的事情特別感興趣。

「她們喝糖水就飽了。」睡鼠想了一兩分鐘才回答。

「不可能。」愛麗絲委婉地說道：「這樣她們會生病的。」

「對！她們身體都很不好。」睡鼠說。

愛麗絲想著，如果能像那三姊妹那樣住在井底喝糖水，不知道是什麼滋味，不過愛麗絲實在想像不出來，於是她接著問道：「為什麼她們要住在井底？」

「多喝點茶吧！」三月兔對愛麗絲說，十分熱情。

「我連一口茶都還沒喝，要怎麼『多喝一點』。」愛麗絲不大高興，覺得白兔實在無禮。

「你的意思應該是你沒辦法『少喝一點』吧。既然你剛才什麼都沒喝，要多喝點可不是難事。」

「又沒有人問你。」愛麗絲說。

「看看現在是誰在講別人呀？」帽匠反問著，很得意的樣子。

愛麗絲被這麼一問，不知道該說什麼好，只好自顧自

倒了點茶，拿了片奶油麵包，轉身又再問了一次：「她們為什麼要住在井底呢？」

睡鼠想了又想，過了好幾分鐘才說：「因為那是口糖水井。」

「才沒有糖水井這種東西呢！」愛麗絲開始有點耐不住性子了。帽匠跟三月兔立刻「噓！噓！」地要她安靜。睡鼠老大不高興說著：「沒禮貌，不然剩下的故事讓你講好了。」

愛麗絲於是客客氣氣說道：「拜託你繼續講吧，我不會再打斷你了。我想世界上至少會有那麼一口糖水井吧！」

「對！就是那一口好嗎！」睡鼠氣呼呼地說著。但他還是繼續講起了故事。「這三姊妹整天學著打東西。」

「打什麼東西？」愛麗絲完全忘了自己說好不插嘴的事，忍不住又問。

「糖水呀。」這回睡鼠想都沒想就直接回答了。

此時帽匠忽然開口說道：「我想換個乾淨的杯子，大家都往旁邊挪一個位子吧。」帽匠邊說邊換座位，睡鼠也

跟著動，三月兔坐上剛才睡鼠的位子。不過這一換只有帽匠換到乾淨的杯子，愛麗絲的新位子比原先的更髒，因為三月兔才剛剛打翻了牛奶。

愛麗絲實在不想再惹睡鼠不高興，於是小心翼翼問道：「我不太明白。她們的糖水要到哪裡打？」

帽匠說：「你可以從水井裡打水，當然可以從糖水井裡打糖水了。」

愛麗絲沒搭理帽匠，又問睡鼠：「但是她們人在井裡面。」

「她們人當然是在井裡面，還面裡井呢！」

愛麗絲越聽越糊塗，於是也沒再提問，任睡鼠繼續往下講了好一會兒。

「這三姊妹學著打東西，」睡鼠邊說邊揉起眼睛，呵欠連連，愈說愈想睡：「她們提的東西都是ㄊ開頭的。」

「為什麼是ㄊ開頭的？」愛麗絲問。

「為什麼不能是ㄊ開頭的？」三月兔反問。

愛麗絲又不知道該說什麼了。

這時候，睡鼠的眼睛已經閉上，打起了瞌睡來。帽匠

又一掐，睡鼠稍稍驚呼了一下，又接著說道：「她們打的東西都是ㄊ開頭的，像是打陀螺、打田鼠、打噴嚏，還有還有打太極，太極你知道吧？但是打太極來敷衍推託的你就沒見過了吧？」

愛麗絲聽得一塌糊塗，只說：「你這麼一問，我不知道⋯⋯」

「不知道就別開口。」帽匠說。

這句話實在太無禮，愛麗絲受不了。於是她忿忿起身扭頭就走了。睡鼠才一瞬間便睡著了。愛麗絲回過頭看了一兩眼，暗暗希望帽匠跟三月兔會要她留下，沒想到他們完全沒發現愛麗絲走了，只是忙著把睡鼠塞進一只茶壺裡。

　　愛麗絲在森林裡找路的時候跟自己說：「不管怎樣我都不要再回那裡去。真是我這輩子參加過最蠢的下午茶會了！」

　　說著說著，愛麗絲發現有棵樹上竟然有一道門。愛麗絲心想：「真奇怪！不過今天碰上的事情沒有不奇怪的。進去看看應該也不會怎麼樣吧。」說完她便開了門走進去。

　　她又回到了那個又長又深的大廳，小玻璃桌就在身邊。「這次我知道該怎麼辦了。」愛麗絲邊說邊拾起桌上的小金鑰匙，開了通往花園的那扇門。接著吃起了蘑菇（她剛才留了一小片在口袋裡），吃呀吃，吃到她縮小到一呎高左右，就進了通道。她終於進到這漂亮的花園裡頭了，身邊盡是鮮豔的花朵還有清涼的噴泉。

8

皇后的槌球場

花園的入口立著一大叢玫瑰，上頭全是白玫瑰，花叢旁站著三個花匠，個個忙著把玫瑰漆成紅的。這讓愛麗絲好奇得很，於是走上前去探探。才剛走近花匠身邊，就聽見其中一個說著：「黑桃五，你的漆都潑到我身上了！」

「沒辦法，誰叫黑桃七撞到我的手。」

黑桃七立刻抬起了頭說：「對啦對啦，黑桃五你就只會把錯推到別人身上！」

黑桃五又說：「你最好閉上嘴，我昨天才聽見皇后說

要砍了你的頭。」黑桃五說。

「幹嘛要砍他的頭？」第一個開口說話的人問道。

「不關你們的事！」黑桃七說。

「就關他的事，我偏要跟他說。這傢伙把鬱金香的球根當成洋蔥，拿給了廚子。」黑桃五說。

黑桃七把手上的刷子一擱，便說了起來：「這天底下不公平的事情……」

才說到一半，他一眼瞥見了愛麗絲，發現愛麗絲正看著他們，於是趕緊住了口。另外兩個人也跟著轉過頭來，三人一起向愛麗絲鞠了個躬致意。

「可不可以告訴我，你們為什麼要把花漆成紅的呢？」愛麗絲問道。

黑桃五跟黑桃七都沒說話，只是轉過頭看著黑桃二。黑桃二低聲說道：「小姑娘，事情是這樣的。原本這裡該種的應該是一叢紅玫瑰，但我們不小心種了一叢白的，這要是被皇后發現了，我們的頭大概都不保了。所以呀，在皇后來之前，我們幾個拚死拚活……」才說到一半，負責盯著花園的黑桃五便大喊：「皇后來了！皇后來了！」三個花匠立刻趴在地上。接著傳來好一陣腳步聲，愛麗絲左看看右看看，很想看看皇后是什麼模樣。

最先到的是十個手持梅花儀杖的士兵，身形都跟剛才

三人一樣，長得四四方方長長扁扁，手跟腳都生在四個角上。接著出現的是十個大臣，身上都有一個個方塊圖案，他們跟士兵一樣，都兩兩並排走著。再來看見了小王子小公主，數數一共十個，身上有愛心的花紋，一對一對手牽著手，蹦蹦跳跳地開心走著。接下來是一群賓客，看來都是皇親國戚。賓客裡，愛麗絲看見白兔的身影。白兔還是老樣子，說起話來神經兮兮的，不管人家說什麼都微笑附和，走過愛麗絲身旁也沒發現她。接著來了紅心傑克，手裡托著個天鵝絨紅枕，枕上放著國王的皇冠。在這浩浩蕩蕩一行人之後，紅心國王跟紅心皇后終於出現了。

愛麗絲猶豫著，自己是不是得跟那三個花匠一樣伏首趴下，可是似乎沒聽過王室出巡有這個規矩，而且愛麗絲心想：「如果王室出巡人人都得趴地迎接，那隊伍不就沒人能親眼目睹了，這樣的話出巡還有什麼意思？」於是愛麗絲便原地站著，等著隊伍過來。

出巡隊伍走到愛麗絲面前停了下來，行伍裡的人全都看著愛麗絲。皇后不太高興地問了問紅心傑克：「這是誰？」紅心傑克沒說話，只是笑笑鞠了躬。

「白痴傢伙！」紅心皇后不耐煩地偏過頭看著愛麗絲說：「小女孩，你叫什麼名字？」

「皇后陛下，我叫做愛麗絲。」愛麗絲畢恭畢敬回答著，但心底又想著：「其實這也不過是一堆紙牌，沒什麼好怕的。」

「那這幾個傢伙又是誰？」皇后邊問邊指著趴在玫瑰花叢旁的三個花匠。他們三個全都面朝地趴著，背後的花紋跟其餘紙牌全都一模一樣，所以皇后也沒法分辨究竟他們是花匠、士兵、大臣又或是她的孩子。

「我怎麼知道？跟我沒關係。」愛麗絲不知道自己哪來的勇氣這麼說。

紅心皇后登時氣得滿臉通紅，像頭發狂的野獸直瞪著愛麗絲好一會兒，然後又開口大吼：「砍掉她的頭！砍掉她——」

「我聽你在胡說八道。」愛麗絲這話說得又響又果斷，皇后頓時無言。

國王伸手搭著皇后臂膀，懦懦地說：「親愛的，她還是個孩子。」

皇后忿忿轉過身，對紅心傑克說：「把這三個傢伙翻過來。」

　　紅心傑克伸出一條腿，小心翼翼地把他們三個翻過來。

　　「給我站起來！」皇后尖聲一吼，三個花匠立刻跳了起來，趕忙一一向國王皇后、王子公主跟同行賓客行禮。

　　「好了好了！弄得我頭都暈了」。皇后邊嚷邊轉過頭看著玫瑰花叢說：「你們在這裡幹什麼？」

　　「啟稟皇后，」黑桃二恭恭敬敬單膝跪地答著話：「我們是在……」

　　皇后邊問話邊細細看著玫瑰花，然後說：「原來是這樣！給我砍了他們的頭！」說完大隊人馬便走了，留下三個士兵等著處決那三個可憐兮兮的花匠，花匠們立刻躲到愛麗絲身邊。

　　「不會讓你們被砍頭的！」愛麗絲說完便把花匠全塞進身旁一個大盆栽裡。三名來處決他們的士兵走過來沒見到他們，找了一會兒又沒找著，便悄悄走回行伍裡。

　　「他們都人頭落地了嗎？」皇后提著嗓門吼著。

「啟稟皇后，見不到他們的頭了。」三個士兵高聲回應。

「很好。」皇后說。說完又大聲吼道：「你，會打槌球嗎？」

士兵全靜了下來，轉過頭看著愛麗絲。看來皇后問的人是愛麗絲。

「我會！」愛麗絲也跟著嚷著。

「那就一起吧！」皇后大吼。於是愛麗絲也加入了行進隊伍，滿心期待，不知道會碰上什麼事。

「今天……天氣真不錯！」忽然愛麗絲身邊傳來一個聲音，聽起來怯怯懦懦的。原來愛麗絲正好走到白兔身邊，白兔神色慌張，偷偷盯著愛麗絲看了幾眼。

「對呀！天氣很好。公爵夫人呢？」愛麗絲問。

「噓！噓！」白兔立刻壓低聲音要愛麗絲別說了。白兔神色緊張，跟愛麗絲交談的時候還不時左顧右盼。最後踮起腳尖，湊到愛麗絲耳朵旁悄聲說：「公爵夫人被判刑，等著被處決。」

「發生了什麼事？」愛麗絲問。

「你是說『怎麼這麼可憐？』嗎？」白兔問。

「不是。我不覺得她很可憐。我是問『發生了什麼事？』」

「她甩了皇后兩耳光。」兔子說到一半，愛麗絲忍不住笑了出來。「噓！」白兔膽戰心驚，小聲說著：「小心被皇后聽見了！剛才公爵夫人來晚了，皇后就說……」

「都給我就定位！」皇后如打雷般一吼，所有人四處亂竄，東跌西撞，亂成一團。但沒過幾分鐘，大家都順利就了定位，眼看槌球比賽就要開始。

愛麗絲心想，這槌球場地好特別，她從來沒見過。場地上都是高高低低的土堆壕溝不說，球還是一隻隻活生生的刺蝟，球桿則由紅鶴權充。紙牌士兵們一個個手腳著地弓著身子當球門。

愛麗絲覺得這裡頭紅鶴球桿最難掌控，她好不容易才把紅鶴的身體夾在腋下夾好，讓紅鶴腳自然垂下，但每當她把紅鶴脖子拉直，準備用紅鶴的腦袋瓜去打刺蝟，紅鶴便立刻扭過頭來望著她，那一臉痴疑的模樣，逗得愛麗絲忍不住大笑起來。等到她花一番工夫再把紅鶴的脖子拉

直，又換刺蝟不聽使喚了。原本蜷成一團的刺蝟鬆開身子準備爬走，真是氣人。再說了，每打一球不是碰到土丘就是碰上壕溝，當球門的士兵又常隨意起身四處亂走，愛麗絲打從心底覺得這槌球比賽還不是普通的難。

所有選手也不輪流上場擊球，而是人人各自開打，所以邊打邊吵，到處爭著刺蝟。要不了一會兒，皇后已經火冒三丈，不是跺著腳走到這裡喊「砍掉他的頭」，就是走到那兒喊「砍掉她的頭」，大概每分鐘都能聽見皇后要砍人頭的聲音。

這讓愛麗絲很不安，她是沒衝撞過皇后，不過她也知道自己可能隨時就會惹惱皇后。「要是這樣的話，我會怎麼樣呢？這裡的人動不動就要砍掉人家的頭。話說回來，還有人能保住頭活著真是奇蹟。」

愛麗絲東張西望，想找條路離開，不知道自己就這麼走了的話會不會被人發現。就在這時候，她在空中看到奇怪的景象。起初愛麗絲實在不知道那是什麼，定睛看了一兩分鐘之後，她才看出那是個笑著的嘴，於是愛麗絲對自己說：「是柴郡貓！這樣我就有個人可以商量了。」

柴郡貓的嘴完全現形之後，便問道：「打得怎麼樣了？」

愛麗絲靜靜等到柴郡貓的眼睛也出現才點了點頭。她心想：「這時候開口回話也沒用有，柴郡貓的耳朵又還沒出現，有了耳朵才聽得見吧。」又等了一分鐘，柴郡貓的整個頭都出現了，愛麗絲這才放下手上的紅鶴，一一細述起這場球賽。終於有人聽她說話，愛麗絲心裡很高興。柴郡貓八成覺得只露顆頭就夠了，於是身體四肢尾巴都沒出現。

「我覺得這比賽不很公平。」愛麗絲抱怨道：「大家吵架吵得好兇，連自己說些什麼都聽不見。而且比賽也沒有什麼規則，就算有好了，我看也沒人要遵守。而且球具什麼的都是活的，你不知道它們多不受掌控。比如說，剛才我瞄準的球門竟然自己走到球場另外一頭去。還有，本來應該輪到我推皇后那顆球，結果那刺蝟見來了隻老鼠，竟然自己跑掉！」

「你覺得皇后怎麼樣？」柴郡貓低聲問。

「不怎麼樣。她這個人⋯⋯」愛麗絲說著說著發現皇

后走近自己身邊，於是改口說：「是個強勁的對手，很難打得贏。」

皇后聽了滿意地笑了笑，便走開了。

「你這在跟誰說話呀？」國王走到愛麗絲身邊，盯著柴郡貓的頭問道，十分好奇。

「請容我向您介紹，這是我朋友柴郡貓。」愛麗絲說。

「我不喜歡這傢伙的樣子，不過可以勉強讓他親吻我的手。」國王說。

「這就不必了。」柴郡貓說。

「竟敢這麼無禮！還有，我不准你那樣看我！」國王躲到愛麗絲身後命令道。

「我忘記在哪裡讀過，說就算是市井之貓也有權直視國王雙眼。」愛麗絲說。

「總之，得把這東西弄走。」國王說，十分果決的樣子。皇后此時正好行經他們身邊，國王便把皇后喚了過來，說：「親愛的！快把這東西弄不見！」

不論碰上大事小事，皇后處理事情的方法只有那麼一個，於是皇后連看都沒看便說：「砍掉他的頭！」

「我去把劊子手叫來。」國王自告奮勇，快步走了。

愛麗絲才想著不如回去看看比賽比得怎麼樣，就聽見皇后在遠處氣沖沖吼個不停。愛麗絲聽見皇后又下令要砍了三個人的腦袋，只因為他們弄錯了上場順序。但弄成這樣，愛麗絲實在不太喜歡。比賽比得一團亂，愛麗絲也不知道到底輪她上場了沒。她索性找起了自己那隻刺蝟來。

原來那隻刺蝟正忙著跟另一隻刺蝟打架。這對愛麗絲來說可是好機會，剛好可用一隻刺蝟來推另一隻。可惜她的紅鶴竟然已經到花園那頭去了，跳來跳去痴心妄想要飛到樹上去。

等到愛麗絲把紅鶴抓回來，兩隻刺蝟架打完了也不見蹤影了。「算了，無所謂了。反正這頭的球門也都不見了。」愛麗絲怕紅鶴又亂跑，於是把紅鶴夾在腋下，然後走回去，打算再找柴郡貓聊聊天。

愛麗絲走回柴郡貓剛才出現的地方，嚇了一大跳。那附近圍了好多人，國王皇后跟劊子手爭論不休，三人同時爭辯著，圍觀的人則鴉雀無聲，一臉糾結。

愛麗絲一出現，國王皇后劊子手全要她來評評理，三

人只顧著說自己有理，三張嘴同時開口，愛麗絲根本聽不清他們說了些什麼。

劊子手說，沒有身體的東西，要從哪裡把頭砍下來。他說自己從沒幹過這種事，都活到這歲數了，這種怪事他可不幹。

國王說，只要有頭，哪有不能砍的道理，要劊子手少說嘴。

皇后說，不趕快把這顆頭砍了，那她就把所有人的頭都砍了。（就是皇后這句話讓旁邊圍觀的人都面色凝重。）

愛麗絲腦袋一片空白，只想到這麼說：「這是公爵夫人的貓，所以你們該問問公爵夫人才對。」

於是皇后對劊子手說：「她在牢裡，去把她帶過來。」劊子手箭一般飛快走了。

劊子手才剛走，柴郡貓的頭便開始慢慢消失，等到他把公爵夫人帶過來的時候，柴郡貓早就不見蹤影。國王跟劊子手發狂似地四處尋找柴郡貓，圍觀的人則各自散了，又打起球來。

9

假海龜的故事

「唉呀！能再見到你真是太好了，你都不知道見到你我有多高興。」公爵夫人邊說著邊親熱地勾著愛麗絲的手，兩人並肩一起走著。

看到公爵夫人心情好，愛麗絲也覺得很高興，心想也許上回她們在廚房，公爵夫人那麼蠻橫，也許只是胡椒惹的禍。

「要是哪天我當上公爵夫人，」愛麗絲跟自己說（當然，她的語氣不太肯定）：「我的廚房裡絕對不會有胡椒

這種東西。反正湯裡不放胡椒也……說不定人脾氣不好都是因為胡椒。」自己竟然悟出這麼一個道理，愛麗絲心裡很是滿意。愛麗絲繼續自顧自說著：「人總是刻薄酸溜溜的話呢，一定是因為吃太多醋。老是愛挖苦別人的，是吃了苦瓜。要小孩脾氣溫順可愛，當然就得給他們吃麥芽糖了。大人們要是懂這道理就好了，小孩要吃糖的時候就不會那麼小氣了……」

愛麗絲只顧著想，都忘了公爵夫人還走在自己身邊。因此公爵夫人在她耳邊開口說話的時候，嚇了她一大跳。公爵夫人說：「親愛的，你一定是在想事情吧。人只要腦袋一動，就會忘了說話。古有明訓曰……怎麼講的我忘記了。我應該一會兒就能想起來。」

「也許根本就沒有什麼明訓。」愛麗絲鼓起勇氣反駁。

「嘖！嘖！小朋友呀，萬事萬物必然都有它的道理，只看你有沒有找到而已。」公爵夫人說著說著整個人又往愛麗絲身上貼了過去。

公爵夫人靠得這麼近，愛麗絲很不喜歡。先不說公爵

夫人實在生得醜，她又正好不高不矮，恰好把下巴扣在愛麗絲肩膀上，那下巴又尖又挺，讓愛麗絲很難受。但愛麗絲又不想冒犯公爵夫人，只好一直忍著。

「比賽好像比較進入狀況了。」愛麗絲隨便挑個話題說著。

「是呀，這背後的道理就是……噢！對了，『愛能讓世界運行。』」

愛麗絲悄聲回著：「我記得有人之前自己說，要讓世界運行的方法就是每個人都把自己份內的事情做好吧。」

公爵夫人說：「都差不多啦！」說著說著，她那下巴又往愛麗絲的肩膀鑽了鑽，然後又說：「這就叫做『心知其意，未可明詔大號。』」

「她還真愛講大道理。」愛麗絲心想。

「你是不是在想，我怎麼沒搭著你的腰呢？」公爵夫人停了一會兒才接著又說：「其實我是怕你手上的那隻紅鶴脾氣不好。要不要我伸手試試？」

「牠可能會咬人。」愛麗絲謹慎地回著話，心裡一點也不想要公爵夫人把手搭過來。

公爵夫人說：「也是。畢竟紅鶴跟芥末一樣，都會咬人。這裡頭的道理就是『物以類聚，鳥以羽分』。」

「可是芥末又不是鳥。」愛麗絲說。

「確實，你這孩子頭腦還真是清楚。」公爵夫人說。

「芥末應該是種礦物吧，我猜。」愛麗絲說。

「是呀。」愛麗絲怎麼說，公爵夫人就怎麼附和。「這附近好像有個芥末礦坑呢。說到礦坑，這背後的道理就是：『一個蘿蔔一個坑，自個兒的芥末自個兒挖。』」

愛麗絲根本沒仔細聽公爵夫人剛在講什麼，自顧自大聲說道：「我想起來了！芥末應該算是蔬菜才對。雖然它看起來一點也不像蔬菜。」

「說得真好。有道是：『物如其貌。』換個簡單的說法就是：永遠別以為你不是人家看你的那個樣子，不管你是或不是人家以為你是的那個樣子，大家都知道你不是那個樣子。」

「如果能讓我把這句子抄下來，」愛麗絲客氣地說著：「也許我還能弄懂這句話的意思。但你這樣連著講了一長串，聽得我都昏了。」

「這還算小意思，真要我說的話，再長的句子也沒問題！」公爵夫人說著，得意得很。

「噢，不敢勞煩您說比這還長的句子。」愛麗絲說。

「說什麼勞煩！不然就把剛才那一長串話送給你當禮物。」公爵夫人說。

「這禮物也太隨便了。幸好生日禮物不是這樣送的。」愛麗絲心裡雖這麼想，但沒勇氣把話說出口。

「又在想什麼啦？」公爵夫人說話的同時，下巴又在愛麗絲肩頭鑽了幾下。

「只要是人，都有權思考。」愛麗絲不大客氣地說著，她真的快要不耐煩了。

「這麼說也沒錯，就像『連豬也能飛上天』，這背後的道……」

公爵夫人說到一半忽然沒了聲響，愛麗絲有些納悶，「道理」這兩個字不是公爵夫人最愛掛在嘴上的嗎？此時，公爵夫人挽著愛麗絲的那隻手竟然抖個不停。愛麗絲頭一抬，才看見皇后站在她們倆面前，雙手抱胸，面色凝重得像是暴風雨前的天空。

「天氣真好呀，皇后陛下！」公爵夫人低聲下氣說著。

「你給我聽好了，」皇后跺著腳大吼著：「你要不現在趕快給我滾蛋，不然我就讓你的腦袋滾蛋，要怎麼樣，你自己選！」

公爵夫人立下決斷，人一溜煙不見了。

「咱們繼續打球吧！」皇后對愛麗絲說。此時愛麗絲實在怕得說不出話來，只能跟著皇后走回槌球場。

比賽的人趁皇后不在，都溜到樹蔭下乘涼去了。但一瞥見皇后走了過來，大家便趕緊回到球場上。皇后說了，誰要拖延了比賽，就等著腦袋落地。

整場球打下來，皇后沒一刻不在跟人吵架，沒一刻不在大吼：「砍掉他的頭」或是「砍掉她的頭」。被皇后判了刑要砍頭的人，全都得讓士兵抓起來。於是，原本忙著當球門的士兵只好起身去抓人。就這樣，過不了半個小時，球場上一個球門也沒有，連打球的人也只剩下國王、皇后跟愛麗絲三個，其餘的全都被抓了，等著被砍頭。

皇后這才稍稍緩了下來，氣喘吁吁地問愛麗絲：「你

見過假海龜了嗎？」

「沒有。我不知道有假海龜這種東西。」愛麗絲說。

「就是用來煮假海龜湯的那個。」皇后說。

「我連聽都沒聽過，當然也沒見過。」

「跟我來吧，我讓假海龜跟你說說他的故事。」皇后說。

愛麗絲和皇后兩人前腳剛走，就聽見國王低聲對等著被砍頭的一大群人說：「你們都被赦免了！」「這真是天大的好消息！」愛麗絲對自己說，不然光是想到那麼多人都要被砍頭她就難過死了。

兩人走著走著碰上了一隻鷹頭獅身的獅鷲，橫躺在日頭下睡著（你要是不知道獅鷲長什麼模樣，看了圖就會明白）。皇后命令道：「給我起來！這懶惰東西！替我帶這位小姑娘去見假海龜，讓他講講他的故事。我得回去看看我剛下令處決的事辦得怎麼樣。」說完皇后便走了，留下愛麗絲跟獅鷲。愛麗絲不是很喜歡獅鷲的模樣，不過比起動不動要砍人頭的皇后，待在獅鷲身邊似乎安全得多。於是愛麗絲靜靜候著。

　　獅鷲坐了起來，揉揉睡眼，望著皇后一步步走遠後，忽然笑了起來說道：「真是好笑！」這話像是對他自己說的、又像是對著愛麗絲說的。

　　「什麼東西真好笑？」愛麗絲問。

　　「她呀！什麼砍頭不砍頭，只有她把這當真。其實他們一顆頭也不砍。來！」

　　「這裡的人動不動就叫人家『來！』我長這麼大，還沒被這麼使喚過，從來沒有！」愛麗絲緩緩跟在獅鷲身後

時心裡想著。

　　他們倆走沒幾步就看見假海龜在遠處，神色哀戚，坐在一塊大石上。他們一走近，愛麗絲便聽見假海龜嘆

著氣，肝腸寸斷的樣子，聽得愛麗絲都不由得替他難過起來。「他為什麼這麼傷心？」愛麗絲問獅鷲。獅鷲還是老話一句：「什麼傷心不傷心，只有他把這當真。他才沒什麼好憂愁的！過來！」

他們倆走到假海龜身旁，他淚眼汪汪地回看他們，不發一語。

獅鷲說：「這位小姑娘，她是那個有想聽你說故事的人，她是有想。」

「好，我說。坐下吧，你們倆都坐下來。我故事沒說完前，誰都不許開口。」假海龜說著，聲音聽起來空洞而抽離。

愛麗絲跟獅鷲坐了下來等著，等了好一會兒，還是沒聲沒響。愛麗絲心想著：「如果假海龜老是不說故事，到什麼時候才能說完呢？」雖然心裡這麼想著，愛麗絲還是靜靜候著。

最後，假海龜嘆了口氣，終於開口說道：「從前，我也是隻真海龜。」

話一說完他又沉默了好一陣子，只聽見獅鷲偶爾「嚇

切喀爾」、「嚇切喀爾」的叫個幾聲，還有假海龜嗚咽啜泣。愛麗絲差點忍不住起身說「謝謝您！這故事真有趣。」可是愛麗絲又擔心假海龜還沒講完，於是只好繼續坐著，什麼也沒說。

最後，假海龜終於再度開口。這回他雖然還是偶爾啜泣一會兒，但心情似乎平靜多了。他說：「小時候，我們在海裡上學。老師是隻海龜，但我們都叫他灰鮫。」

「明明是海龜，怎麼叫他灰鮫？」愛麗絲問。

「因為他很『會教』呀。」假海龜不耐煩地說：「你腦袋還真不是普通的鈍！」

「這麼簡單還要問，你不覺得丟臉呀？」獅鷲說完便跟假海龜一同盯著可憐的愛麗絲瞧。愛麗絲覺得很不好意思，好想挖個洞躲起來。這時候獅鷲對假海龜說道：「兄弟，繼續說吧！我們可沒有一整天時間可以耗在這裡。」於是假海龜又說了：

「說起來你也許不信，不過以前我們都在海裡上學。」

愛麗絲忍不住說：「我又沒說我不信你。」

「你這不就說了『我不信你』四個字了嗎？」假海龜說。

愛麗絲正要回嘴，獅鷲便說：「好了別插嘴！」

假海龜又娓娓道來：「那可是最好的學校。你知道，我們那時候天天都去上學。」

「學我也上過，沒什麼好炫耀的。」愛麗絲說。

「你們有選修課嗎？」假海龜問。

「有呀！我們有法文課跟音樂課。」

「有洗衣課嗎？」假海龜急忙問道。

「怎麼可能會有那種課？」愛麗絲慍慍說著。

「哈！那你們的學校不是什麼好學校。」假海龜鬆了口氣似地說著。「在我們學校，學費袋上都會註明法語課、音樂課，還有要另外付費的洗衣課 2！」

「話說你們也不大需要洗衣吧？你們不是住在海裡嗎？」

---

2 這裡卡洛爾故意讓假海龜把當時學校收費單上額外收費的「洗衣」服務當作一門課程。在維多利亞時期，住校生的衣服都是由下人清洗。所以愛麗絲才會反駁不可能有洗衣課。

「我家境不好，沒辦法選那門課。我只能上必修課。」假海龜嘆氣說著。

「必修課有哪些？」愛麗絲問。

「『躍堵』跟『斜坐』課是一定有的。還有四則運算，『挾法』、『濺法』、『騁法』『醜法』都學。」

「『醜法』是什麼，我沒聽過。」愛麗絲鼓起勇氣問道。

這一問，問得獅鷲忍不住舉起兩掌驚呼：「你竟然沒聽過『醜法』？那至少『美法』有聽過吧？知道那是什麼嗎？」

愛麗絲吞吞吐吐地說：「就是……讓人變得……好看。」

「以此類推，這樣你還不懂『醜法』是什麼的話，那我只能說你真是個十足的笨蛋。」獅鷲說。

愛麗絲不敢再問下去了，只好轉過頭問假海龜：「你們還上了哪些課呢？」

假海龜舉起了鰭一一數著：「這個嘛，我們有『蜊史』，『上古蜊史』跟『現代蜊史』都學。還有『海理』

課跟『划划』課。『划划』課的老師是條鰻魚，每個禮拜來學校一次，專門教我們『速瞄』跟『游划』。」

「是要怎麼瞄、怎麼划？」

「我現在做不來啦，身體不靈活了。獅鷲也不行，他從以前就沒學會。」假海龜說。

「我哪有時間學。我那時候都在忙古典語老師的課。老師是隻螃蟹，老老的螃蟹。」

假海龜吁了口氣說：「我從來沒上過他的課。聽人家說，他專教『嘻啦文』跟『拉忉文』。」

「他是呀，他是呀。」這回換獅鷲嘆息了。兩隻動物竟都掩起面來。

「那你們一天上幾小時的課？」愛麗絲趕緊換個話題。

假海龜說：「時間長短不一。第一天上十小時，第二天上九小時，以此類推，越來越短。」

「這課表也太奇怪了！」

「你沒聽過『學然後能知長短』嗎？學東西本來就是先長後短的。」

這愛麗絲倒是從來沒想過。她又想了想才敢再開口說：「所以第十一天就放假了？」

　　「當然呀！」假海龜說。

　　「那第十二天怎麼辦？」愛麗絲好想知道。

　　獅鷲一副已經拿定主意的樣子，打斷愛麗絲說：「學校的事說得夠多了，跟她說說那個好玩的吧。」

10

龍蝦方塊舞

　　假海龜嘆了長長的一口氣，一隻鰭捂著兩隻眼睛。他轉頭看了看愛麗絲，欲言又止的，竟然嗚嗚咽咽哭了起來，泣不成聲。「不知道還以為有魚刺卡在他喉嚨裡呢。」獅鷲說。說完便出手搖了搖假海龜，又在他背上搥了幾下。最後假海龜好不容易才又說得出話來，滿臉淚水說道：

　　「你大概沒在海裡住過多長時間……」（愛麗絲說：「是根本沒住過。」）「所以龍蝦你應該也沒見過吧——」（愛麗絲才正要說：「我以前吃……」說到一半便趕緊住了

嘴改口道:「沒有,從來沒見過。」)「那你一定不知道龍蝦方塊舞跳起來多好玩了!」

愛麗絲說:「我還真的不知道。那是什麼樣的方塊舞呀?」

「這個嘛,要先在海邊排成一列……」獅鷲說。

海龜大聲糾正道:「是排兩列!海豹、海龜、鮭魚之類的都來了。然後得清掉擋路的水母。」

「光這就得花不少時間了。」獅鷲補充說著。

「……接著,前進兩步……」

「個個都有隻龍蝦當舞伴!」獅鷲說。

「沒錯。往前兩步……面向舞伴……」假海龜說。

「……交換舞伴……退後兩步。」獅鷲接著說。

「然後就要準備把龍蝦……」假海龜說。

「丟出去!」獅鷲興奮地大叫,跳了起來。

「丟得越遠越好……」

「然後游過去追龍蝦!」獅鷲說著,聲音高亢。

「在海裡翻個觔斗!」假海龜也跟著大聲起來,跳上跳下的。

「再換隻龍蝦！」獅鷲激昂說著。

「接著游回岸邊——這樣第一段就跳完了。」假海龜說著說著語調忽然沉了下來。這兩隻動物，明明剛才還發瘋似地跳個不停，突然靜靜坐了下來，神情哀傷，望著愛麗絲。

愛麗絲怯怯說著：「那舞跳起來應該很好看。」

「你想看看嗎？」假海龜說。

「很想！」愛麗絲說。

假海龜對獅鷲說：「來吧！咱們就來跳第一段吧！沒龍蝦也沒關係。誰要負責唱歌？」

「還是你唱吧，歌詞我都忘了。」獅鷲說。

於是他們便繞著愛麗絲，一圈又一圈地跳起舞來，很慎重的樣子。偶爾不小心跳得太近，還會踩到愛麗絲腳趾頭幾下。他們邊跳邊揮舞著手打拍子，假海龜隨著拍子慢慢唱起憂傷的曲調：

「走快一點好不好？」赤鯨問著小蝸牛。

「有隻圓鯖在後面，老是踩著我的鰭。」

龍蝦海龜在灘上，翩翩起舞好熱鬧！
你要不要一塊來？
你要不要、你要不要、你要不要一塊來？
要或不要、要或不要、要或不要一塊來？

跳起舞來樂無比，恐怕你還不知道。
抓起赤鯨我一甩，龍蝦跟著飛入海。
小蝸牛兩眼一睨：「一去實在太遙遠！」
衷心感謝您邀請，恐怕無福齊共舞。
怕是不能、怕是不能、怕是不能齊共舞。
也就不會、也就不會、也就不會齊共舞。

赤鯨開口解釋道：「飛得再遠又何妨？」
「大洋再廣也有界，總會碰上另一邊。」
「離英國遠也不怕，表示咫尺到法國。」
小小蝸牛別害怕，來吧來吧一塊吧！
你要不要、你要不要、你要不要一塊來？
要或不要、要或不要、要或不要一塊來？

「謝謝你們！這支舞真有意思。」愛麗絲嘴巴上雖然這麼說，但心裡很高興這舞終於結束了。愛麗絲又說：「這首赤鯨歌真是奇妙，我很喜歡。」

假海龜說：「對了，赤鯨你應該就見過了吧？」

「見過呀！還很常見呢。每次在吃……」話還沒說完，愛麗絲就趕緊打住了。

「這『ㄔ』是什麼地方我是不知道。不過既然你常常碰到赤鯨，他們的樣子你應該知道。」

愛麗絲邊回想邊說：「我知道。通常赤鯨的尾巴都會被塞進嘴裡，身上會撒滿麵包粉。」

假海龜說：「哪有什麼麵包粉。那東西一到海裡早就沖光光了。但是赤鯨確實是會銜著尾巴沒錯。這是有緣故的。」說到這兒假海龜打了個呵欠，半瞇著眼對獅鷲說：「是什麼緣故你來告訴她吧！」

獅鷲說道：「是這樣的，赤鯨會跟著龍蝦一起跳舞，所以呢，也會一起被扔出海。所以呢，他們就會飛得好遠。所以呢，他們就會咬住自己的尾巴。所以呢，那尾巴就塞在嘴裡拔不出來了。事情就是這樣。」

愛麗絲說：「原來是這樣，我都不知道赤鯨是這樣的。這真有趣，謝謝你！」

獅鷲說：「說到赤鯨，可以說的還多著呢，你想聽嗎？你知道赤鯨為什麼叫做赤鯨嗎？」

「這我從來沒想過。為什麼呀？」愛麗絲說。

「因為他們可以拿來刷鞋。」獅鷲一本正經地說著。

愛麗絲實在覺得不可置信，於是忍不住高聲嘆道：「可以拿來刷鞋？」

獅鷲說：「這有什麼好奇怪的。你鞋子怎麼刷的？我是說，你的鞋是靠什麼才刷得這麼乾乾淨淨？」

愛麗絲答話前先低頭看了看自己的鞋子，才說：「鞋子應該是用鬃刷刷的。」

「在海裡呢，鞋我們是用赤鯨刷刷的，這樣你懂了吧。」

「這樣的話，鞋是用什麼做的呢？」愛麗絲好奇得不得了，好想知道。

獅鷲沒好氣地說著：「鞋面是海蛇皮，鞋底是海象膠。隨便找隻小蝦子來問都知道。」

但愛麗絲心裡盤旋不去的還是剛剛那首歌。於是愛麗絲說：「如果我是歌裡那隻赤鯨，我就會跟圓鯖說，拜託站過去一點！我們可不想帶隻圓鯖同行。」

　　假海龜說：「不管上哪兒都一定要有圓鯖同行呀！一條好魚出門一定會找圓鯖作伴。」

　　「一定要嗎？為什麼？」愛麗絲驚訝地問。

　　假海龜說：「當然要呀。如果今天有條魚來跟我說要出遠門，我一定會問他：『有無圓鯖？』」

　　「你說的應該是『有無原因』吧？」愛麗絲說。

　　假海龜覺得有些被冒犯了，老大不高興地說：「我說什麼，就是什麼。」此時獅鷲插了話說：「好了，換你說說你的故事了。」

　　「要說我的故事也是可以，但我只能從今天早上說起。」愛麗絲不大肯定地說著：「說昨天的事也沒用，因為那時候的我跟現在的我不一樣。」

　　「怎麼個不同法？說來聽聽。」假海龜說。

　　獅鷲不耐煩地說著：「不行不行！那不知道要講多久，先說故事！」

於是愛麗絲就從自己碰上白兔說起。一開始她有點緊張，假海龜跟獅鷲一左一右挨在她身邊，聽到瞪圓了眼睛張大了嘴。不過，說著說著愛麗絲便越來越有把握。假海龜跟獅鷲一路聽著，什麼也沒說，一直到愛麗絲講起自己如何在毛毛蟲面前背誦〈威廉爸爸您老了〉，卻一個字也沒記對，假海龜才深深吸了口氣說：「還真是奇怪。」

獅鷲也說：「怪到不能再怪了。」

「居然全背錯！」假海龜說。

接著，假海龜想到什麼似的又說：「應該讓她再來背背什麼才對。叫她背點東西來聽吧。」假海龜看著獅鷲，好像愛麗絲本就歸獅鷲使喚的樣子。

獅鷲說：「你站起來背『耳邊傳來一聲響，原來是那懶蟲講』來聽聽！」

「這些動物怎麼這麼愛隨便使喚人，居然還要我背書。我根本就像回到學校了嘛。」愛麗絲心裡雖然這麼想，但還是起身站好，準備要背書。可是她腦袋瓜裡想著的全是龍蝦方塊舞，根本不知道自己在講什麼，背出來每句話聽起來都好奇怪：

耳邊傳來一聲響，原來是那龍蝦講：

「怎把我烤這樣焦，拿糖往我鬍鬚澆。」

鴨有眼皮我有鼻，打理同樣費力氣。

皮帶一繫釦一扭，腳尖朝外腳跟攏。

灘頭無水樂如雀，狂拿鯊魚舌根嚼。

水漲鯊來圍身邊，聲小膽沒面色變。

獅鷲聽完說：「跟我小時候背的不一樣。」

假海龜說：「這詩我是從來沒聽過。不過隨便聽都知道這根本是瞎扯。」

愛麗絲沒說話，把臉埋在兩手裡，實在不知道到底一切有沒有可能恢復正常。

假海龜說：「我想要聽她解釋解釋那首詩。」

獅鷲說：「她解釋不來的。往下背第二段吧。」

假海龜問：「那龍蝦的腳是怎麼回事？龍蝦的腳尖跟鼻尖怎麼可能朝向同一個方向？」

「就像芭蕾舞的第一站姿呀。」愛麗絲解釋道，但越

解釋她反而好像越不清楚了，心裡急著想換個話題。

獅鷲耐不住性子說：「就背下一段吧。頭兩句是『走到他家花園來，湊眼上前看明白』。」

愛麗絲有預感這次還是會背錯，但又不敢不聽從命令，背起詩來連聲音也在顫抖：

> 走到他家花園來，湊眼上前看明白。
> 黑豹子與貓頭鷹，竟然共吃一塊餅。
> 肉餡肉湯連餅皮，全都進到豹嘴裡。
> 徒留一個盤空空，可入貓頭鷹腹中。
> 豹吃過餅好心情，湯匙賞給貓頭鷹，
> 刀叉都留給黑豹，忽然仰天一長嘯，
> 說有剩菜尚未清，就是可憐貓……

假海龜沒讓愛麗絲背完便插嘴說道：「你如果不解釋，那一直背個沒完有什麼意思？我從來沒聽過這麼莫名其妙的詩！」

「我看就背到這裡好了。」愛麗絲也巴不得別再背

了。

「不如我們來跳龍蝦方塊舞的第二段吧！還是想要聽假海龜再唱首歌？」獅鷲問。

「聽歌好了。如果假海龜願意為我們獻唱的話，可以嗎？」愛麗絲說。

獅鷲見她這麼想聽假海龜唱歌，心裡不是滋味，說：「品味還真特殊！兄弟，就唱〈海龜湯〉給她聽吧！」

假海龜長長嘆了一口氣，用他那時而啜泣時而哽咽的嗓音唱了起來：

濃稠稠、翠綠綠，一碗美味湯，

蓋碗裡頭裝。

有誰能不彎腰嚐？

今晚來碗美味湯！

今晚來碗美味湯！

美——味——湯！

美——味——湯！

今晚就來

一碗美味湯！

山珍海味哪得比，一碗美味湯。

兩分錢便得一碗，有誰不來嚐。

兩分錢便得一碗，別的都不嚐。

美——味——湯！

美——味——湯！

今晚就要

來碗美味湯！

　　此時獅鷲高呼一聲：「從副歌再來一次！」假海龜才剛唱起來，遠方就傳來有人喊著：「開庭了！」

　　「走吧！」獅鷲說完立刻挽起愛麗絲的手，也沒等假海龜唱完，急急忙忙拉著她走了。

　　「要開什麼庭呀？」愛麗絲邊跑邊問，獅鷲只拋下「快點」兩個字，拉著她跑了起來，他倆身後的微風中傳來悠悠的悲傷曲調：

今晚就來

一碗美味湯！

11

誰偷了餡餅？

　　愛麗絲跟獅鷲一到法庭就看見紅心國王跟皇后坐在王座上，身旁有群眾簇擁著。說是群眾，來圍觀的其實就是些飛禽走獸外加所有的紙牌人。紅心傑克站在圍觀群眾前，上了腳鐐，身邊有兩個士兵看著。白兔站在國王身邊，一手拿著號角，一手握著羊皮紙卷。法庭正中央有張桌子，上頭擺了個好大一盤水果餡餅，看起來好好吃，愛麗絲看著都覺得餓了起來，心想：「真希望他們可以快點審完，趕快把餡餅分給大家吃。」不過看來一時半刻還審

不完，於是愛麗絲便東看看西看看打發時間。

愛麗絲從來沒上過法庭，但在書上讀到過。她發現看到的東西，自己能認得又喊得出名字來，心裡十分開心。「戴假髮的就是法官。」

這庭的法官不是別人，正是國王。此時國王已經把王冠戴到假髮上了（看看插圖你就知道那是什麼樣子），看起來不太好戴，也不怎麼稱頭。

「那個是陪審席，裡頭坐著的十二隻動物應該是陪審團。」愛麗絲心想。（她用了「動物」這個詞，是因為裡頭坐著都是些飛禽走獸。）愛麗絲嘴中默默將「陪審團」三字念上好幾次，洋洋得意的。因為她猜，沒幾個小女孩知道這個詞。這確實沒錯。不過話說回來，把他們稱作「陪審員」也是可以的。

陪審團人手一塊石板，個個忙著在上頭寫字。「他們在做什麼呀？審判又還沒開始，他們不該動手記錄。」愛麗絲輕聲問獅鷲。

獅鷲也輕聲回答愛麗絲：「他們只是在寫自己的名字，因為怕等到審判完就忘了。」

愛麗絲忍不住出聲罵了句：「還真笨！」但話才剛出口，她就馬上打住。因為白兔立刻喊了聲：「肅靜！」，國王也戴上眼睛張望，想看看是誰在說話。

　　愛麗絲一眼就望見陪審員們一個個在石板上寫下「還真笨」三個字，看得一清二楚，彷彿她是站在他們身後看著他們寫字一樣。也就這樣，她發現有個陪審員連「笨」字都不會寫，還得轉過頭問隔壁的陪審員。「我看還不到開庭，石板大概已經要被寫得亂七八糟了。」

　　有個陪審員手上的石筆老是嘎嘎作響，那聲音愛麗絲實在受不了，於是走到他身後，找個機會便把那隻筆給抽走了。愛麗絲手腳很快，那可憐的陪審員（正是上回那隻蜥蜴比爾）還弄不清楚到底發生了什麼事，四處尋筆不著，只好用指頭來代替，整場審判都用指頭在石板上寫字，不過實在沒用，什麼也寫不上去。

　　「傳被告！」國王說。

　　國王一聲令下，白兔吹了三聲號角，接著攤開卷軸大聲誦讀著：

炎炎夏日裡，

紅心皇后忙做餅。

紅心傑克偷了去，

一個都不留。

「請裁決。」國王對陪審團說。

白兔搶著說：「還不行！還不行！裁決之前還有很多程序要走。」

「那先傳證人吧！」國王說。白兔又吹了三聲號角，高呼：「傳一號證人。」

一號證人原來是帽匠，他走進法庭的時候，一手還端著茶杯，另一手拿著奶油麵包。帽匠說：「陛下，請饒恕我將茶跟麵包也帶到庭上來。我下午茶才喝到一半就被傳喚來了。」

國王說：「下午茶不是早該喝完了？你幾點開始喝的？」

帽匠轉頭看了看一同來的三月兔跟三月兔挽著的睡鼠後才說：「應該是從三月十四號那天開始喝的。」

三月兔說：「是十五號。」

睡鼠說：「是十六號才對。」

國王對陪審團說：「把這記下來。」於是陪審員便認

真在石板上記下這三個日子，接著又忙著把數字加總，再換算成先令跟便士。

國王又令帽匠道：「把你的帽子摘下來。」

帽匠說：「這帽子不是我的。」

國王轉過頭看著陪審團大呼：「那就是偷來的！」陪審團於是又在板上記下一筆。

「這是我要賣的帽子，但不是我自己的帽子。我是個做帽子的帽匠。」帽匠解釋道。

皇后聽了便拾起眼鏡戴上，狠狠盯著帽匠看，看得帽匠面色發白、焦躁不安。

「別緊張，好好作證，不然我當庭就把你斃了。」國王說。

這話完全沒安撫到帽匠，他反而慌得一直左搖右晃，神經兮兮地望著皇后。慌亂之中，帽匠還錯把茶杯當麵包，啃了一口。

就在這時候，愛麗絲忽然有種奇妙的感覺，一開始說不上是什麼，後來才明白，她又開始變大了。起初她打算速速離開法庭，但想了想，覺得只要她還坐得下，就先待

著吧。

坐在愛麗絲身邊的睡鼠對她說：「你可不可以不要一直擠過來，我快不能呼吸了。」

愛麗絲莫可奈何地說：「我也沒辦法，我開始長大了。」

睡鼠說：「你沒權利在這裡長大。」

愛麗絲這才有點膽子說：「少胡說八道。你也在長大呀。」

睡鼠說：「是沒錯，不過人家我長得有節制。哪像你，長成這樣。」睡鼠說完慍慍地起身，往法庭另一頭走去了。

打從剛才到現在，皇后的眼睛都沒有離開帽匠過。睡鼠往那頭走去的時候，皇后忽然對個大臣說：「把上次音樂會表演唱歌的名單給我。」聽到這話，帽匠這可憐人嚇得渾身發抖，抖到腳上的鞋都掉了。

國王也氣呼呼對帽匠再說了一次：「管你緊張不緊張，快點作證，不然我就處決你。」

帽匠顫抖地說：「陛下，可憐可憐我吧。我吃午茶……才吃了不到一個星期……奶油麵包薄得很……還有閃

呀閃的熱茶⋯⋯」

國王問：「什麼東西閃呀閃的？」

帽匠說：「一開始是熱茶先閃呀閃。」

國王不苟言笑地說：「喝熱茶當然要先搧呀搧！你當我是傻子嗎？給我繼續說！」

「可憐可憐我吧，陛下。在那之後，所有的東西都閃呀閃了起來。而且三月兔說⋯⋯」

三月兔急忙搶著說：「不是我說的。」

帽匠說：「是你說的。」

三月兔說：「我不承認我說過。」

國王說：「他不承認他說過。那就把這記錄刪掉。」

「不管怎樣，睡鼠說⋯⋯」帽匠說到一半還回過頭看了睡鼠一眼，擔心睡鼠會跟三月兔一樣不肯承認。但睡鼠沒否認。他睡死了。

帽匠說：「在那之後，我又切了點奶油麵包。」

有位陪審員問道：「睡鼠到底說了什麼？」

帽匠說：「我記不得了。」

國王下令道：「不准你記不得，不然我就把你砍頭。」

手足無措的帽匠立馬拋下手上的茶杯跟麵包，單膝跪地說：「陛下，可憐可憐我。」

　　「真該可憐的是你說話的本事。」國王說。

　　有隻天竺鼠鼓譟了一下，立刻被壓制。（「壓制」這詞有點難，讓我來解釋解釋。庭吏先是取了一只大帆布袋，拿繩子把袋子的一頭束了口。接著把開口套住天竺鼠的頭，再把他的屁股也推進去，最後坐在袋子上壓住他，這就是「壓制」。）

　　愛麗絲心想：「真是太好了，居然有機會親眼目睹。之前常常在報紙上讀到，審判結束前：『旁聽席上偶有騷動鼓譟，隨即為庭吏壓制。』那時候我還不太懂壓制是什麼意思，現在懂了。」

　　「你該說的如果都說完了，就可以退下了。」國王說。

　　「我人已經跪在地板上了，沒辦法再往下退。」帽匠說。

　　「你還可以坐下。」國王說。

　　這時又一隻天竺鼠喝起采來，隨即也被壓制了。

　　「好，收拾了那些天竺鼠，審判應該會更順利點。」

愛麗絲說。

「那我不如把我的茶喝了。」帽匠邊說邊望向忙著翻閱名單的皇后，十分緊張。

「好了，你走吧！」國王一說完，帽匠連鞋也沒穿，便急急忙忙逃到庭外。

此時皇后對庭吏說：「那就在外頭順道把他的頭砍了。」

但庭吏還沒走到門口，帽匠早已不見蹤影。

「傳二號證人！」國王說。

第二位證人連走都還沒走進法庭，門邊的人就猛打噴嚏，加上那人手抱一盒胡椒，愛麗絲一看便知道第二位證人是公爵夫人的廚娘。

「請開始作證。」國王說。

「不要。」廚娘說。

國王看著白兔，不知該做何反應，白兔低聲說：「證人非問不可。」

國王莫可奈何地說：「好吧！該問就問吧！」國王說完便雙手抱胸，皺著眉緊盯著廚娘，皺到視線都要模糊了才問：「水果餡餅用什麼做的？」

「主要是胡椒。」廚娘說。

「糖水啦。」有個迷濛的聲音從廚娘身後傳來。

皇后尖聲叫道：「把那睡鼠給我抓下。砍了他的頭！把他扔出去！壓制他！掐他！拔掉他的鬍鬚！」

整個法庭陷入一陣混亂，花了好些工夫才把睡鼠弄出去。等到大家再回到原位，廚娘已經跑了。

國王鬆了口氣似地說：「算了！傳三號證人。」說完低聲對皇后說：「親愛的，下個證人就交給你盤問了。這弄得我頭疼！」

　　愛麗絲看著白兔在名單上東找西找，很想知道下一位證人是什麼模樣。「他們根本什麼都還沒問出來呢。」愛麗絲對自己說。想著想著她忽然聽見白兔高聲呼喊著：「傳愛麗絲！」這當下她心裡有多吃驚，我們大概不難想像。

12

愛麗絲的證詞

「在！」驚慌之中，愛麗絲忘了自己又變大了，整個人跳了起來，裙襬把陪審團全掃到旁聽席上，陪審員個個人仰馬翻，東滾西爬，讓愛麗絲想起上週她不小心打翻的那缸金魚。

「噢！對不起！」愛麗絲滿心抱歉，急忙把陪審員一一放回陪審席。那滿地金魚的景象一直在她腦海揮之不去，所以她總覺得沒趕快把陪審員擺回陪審席，他們可能小命不保。

「陪審團需全體回到陪審席上坐好，否則審判無法繼續。」國王刻意強調「坐好」兩字，邊說邊看著愛麗絲。

　　愛麗絲看了看陪審席，才發現蜥蜴比爾被她倒插在椅子上，那頭下腳上的可憐傢伙動彈不得，只有尾巴甩呀甩的。愛麗絲趕緊把蜥蜴扶起來，讓他坐好。不過愛麗絲心想：「他正著坐、反著坐好像也無所謂，反正對審判都沒什麼幫助。」

　　陪審團稍稍從剛才的驚嚇中回過神來，拾回石板石筆之後，便奮力在石板上大書特書，把剛才發生的事記下來。只有蜥蜴比爾沒動筆，看起來還是一臉驚魂未定的模樣，張著嘴，死盯著天花板。

　　國王問愛麗絲：「事情的來龍去脈你清不清楚？」

　　愛麗絲說：「不清楚。」

　　國王問：「完全不清楚？」

　　愛麗絲說：「完全不清楚。」

　　「這個很重要。」國王對陪審團說完，他們便在石板上記了一筆。這時白兔忽然開口，畢恭畢敬地說道：「不重要。陛下您說的是『不重要』吧。」白兔邊說邊對國王

使了個眼色。

「對，我是說不重要。」國王立刻說道。說完便喃喃默念著：「重要——不重要——重要——不重要——」，彷彿在研究哪個說起來比較好聽。

幾個陪審員記下了「重要」，幾個記下「不重要」，愛麗絲站得近，他們寫些什麼她看得一清二楚。「寫了什麼也無所謂，反正沒什麼影響。」愛麗絲對自己說。

國王忙著在本子上寫東西，忙了好一陣，忽然喊了一聲：「肅靜！」接著便看著本子大聲讀著：「根據法律第四十二條，凡身高高於一哩者，不得進入法庭。」

所有人全轉頭看著愛麗絲。

愛麗絲說：「我才沒有一哩高。」

國王說：「你明明就有。」

皇后也附和道：「都快要兩哩高了。」

愛麗絲說：「不管怎樣，我都不走。再說，法律才沒有這樣規定，這是你剛剛編出來的。」

國王說：「這可是律書裡面最古老的條文。」

愛麗絲說：「這樣的話，不是應該列在第一條嗎？」

國王面色發白，趕緊闔上手上的本子，轉過頭低聲對陪審團說：「請下裁決。」

白兔趕緊跳出來說：「陛下，還有證據尚未呈上。就是這張紙，剛剛才撿到的。」

「上頭寫了什麼？」皇后問。

白兔說：「我還沒讀，但看起來像是封信，應該是犯人寫給某個人的信。」

國王說：「一定是這樣沒錯。信一定是寫給某個人的，不可能沒有收件人。沒收件人就太詭異了。」

有個陪審員問：「所以收件人是誰？」

白兔說：「上頭沒寫。其實這外頭什麼也沒寫。」白兔邊說邊把紙展開來，一讀便說：「這原來不是封信，是首詩。」

另一位陪審員問：「是犯人的字跡嗎？」

白兔說：「這就是最最奇怪的地方了，這不是犯人的字。」（整個陪審團又驚又疑。）

國王說：「他一定是故意模仿別人的筆跡。」（陪審團於是豁然開朗。）

紅心傑克說：「陛下！那不是我寫的，底下沒人署名，怎麼能用來證明是我寫的。」

國王：「底下沒署名，對你更不利。你一定是心裡有鬼，才不敢像個正人君子一樣大大方方簽上自己的名字。」

國王一說完，席間響起了一陣掌聲。一天下來，這還是國王頭一次說出點像樣的話。

皇后說：「這足以證明他有罪，來人呀，砍……」

愛麗絲搶著說：「這才證明不了什麼！紙上寫什麼你還都不知道。」

國王說：「讀出來。」

白兔戴上眼鏡，問道：「陛下！從哪開始念好？」

國王說：「從頭開始，一直念下去，到底就停。」

庭上一片靜默，白兔朗誦起紙上的詩來：

他們告訴我，

你曾找過她，

向她提到我。

她說我人品好，
可惜卻是旱鴨子。

他對他們說，
我從未去過，
（我們知道這不假，）
她若緊緊追不放，
你會怎麼樣？

我給她一個，
他們給他二，
你給我們好幾個，
他全送回你身邊，
其實本來都我的。

若我和她齊碰上，
這等麻煩事，
他拜託你放他們走，

像我們一樣。

早知你如此，

（在她生氣前），

阻礙已浮現，

他跟它跟我們之間。

她最愛他們，

別讓他知道，

祕密別讓人知道，

僅你我知曉。

　　國王興奮地摩拳擦掌說：「這真是我們今天聽到最有力的證據了，好，那就請陪審團……」

　　「要是有人說得出這詩是什麼意思，我就給他六便士。我敢說這詩根本沒意義。」愛麗絲說。（這時候愛麗絲已經長得又高又大了，打斷國王的話她也不怕。）

　　陪審團全都寫下「她說這詩根本沒意義」，但庭上沒

有一個人願意出面解釋
這首詩。

　　國王說：「這詩要
是一點意義都沒有，反
而替我們省了不少麻煩，
這樣咱們就不必費心找
意義。可是呢⋯⋯」國
王邊說邊把紙在膝上攤
開，側著眼讀了讀又說：
「我覺得這裡頭確實能
看出一點意思來。像『可
惜卻是旱鴨子』這句，

你不會游泳對吧？」國王轉頭問紅心傑克。

紅心傑克悲壯地搖了搖頭，說：「我看起來像是會游泳的人嗎？」（他是張紙牌，當然游不了泳。）

國王說：「很好。」接著又喃喃讀起剩下的字句：「再來『我們知道這不假』這句指的當然是陪審團。然後……『她若緊緊追不放』，說的一定就是皇后了。還有『你會怎麼樣？』對呀！看你偷餅會怎麼樣！『我給她一個，他們給他二』，這說的是水果餡餅吧……」

愛麗絲說：「可是後面還有提到『他全送回你身邊』了。」

「正是！不都在這嗎！」國王指著桌上餡餅對愛麗絲說，十分得意。「這不正好說明一切了嗎。另外『在她生氣前』這句，親愛的，你從來不生氣，對吧？」國王對皇后說。

「我從不生氣！」皇后怒氣沖沖吼著，邊吼邊拿起個墨水台就往蜥蜴身上扔。（比爾這可憐的傢伙原本已經停筆好一陣子了，因為他發現指頭在石板上寫不出東西來。現在竟然有墨水從他臉上滴下，趁著還有墨水，他趕緊用

手指蘸了蘸墨水繼續寫了起來。）

「皇后你沒生氣，那明天就不能帶你去看戲啦。」國王環視全場，得意地笑著。但眾人鴉雀無聲。

「俏皮話沒聽懂嗎？」國王慍慍地說，所有人於是笑了。國王又說：「請陪審團裁決！」這句話國王今天應該講了有二十次了。

皇后嚷嚷道：「不行！不行！先砍頭，後判刑。」

愛麗絲高聲回應：「亂七八糟！竟然還可以先砍頭！」

皇后氣得臉青一塊、紫一塊，說道：「給我閉上你的嘴！」

愛麗絲說：「我偏不！」

皇后用盡全力大喊：「砍掉她的頭！」可是沒有人動。

「我有什麼好怕的？你們不過就是一副紙牌。」愛麗絲說。（這時候愛麗絲恢復她原本的大小了。）

聽見這句話，所有紙牌一躍而上，全往愛麗絲身上撲去。愛麗絲叫了一聲，又氣又怕，七手八腳把紙牌一一揮開，揮著揮著才發現自己人躺在河岸邊，頭枕在姊姊的腿上。姊姊正忙著替她把樹上飄下來的落葉給撥開。

姊姊說：「愛麗絲！起來囉！你睡好久了！」

　　愛麗絲說：「我做了個好奇怪的夢！」接著她便把夢境全告訴姊姊。而那正是你剛才讀到的故事。說完之後，姊姊親了愛麗絲一下，然後說：「這夢真的很怪！不過，你快去喝午茶吧，時候不早了！」愛麗絲爬了起來，跑回去的路上邊想著，這場夢真是奇幻。

　　姊姊還坐在那兒沒起身，頭枕在手上，望著斜陽，想著愛麗絲的夢境，想著想著，換她做起夢來了。姊姊夢見……

　　愛麗絲還小，小小手掌伏在她膝上，一雙眼睛晶亮，看著她的眼。姊姊聽著愛麗絲說話，看著她甩了甩頭，把亂飛扎眼的髮絲甩到後頭。聽著聽著，姊姊好似也真聽見了，妹妹夢境裡的奇幻生物出現在身邊。

　　腳邊的長草沙沙作響，是白兔先生飛奔而過的腳步聲。旁邊的池塘水聲嘩啦嘩啦，是嚇壞的老鼠奮力游走的游水聲。杯盤喀喀作響，三月兔他們三個人想必還在喝著那永遠喝不完的下午茶。還聽見皇后尖聲嚷著要處決冒犯她的人；長得像豬的寶寶在公爵夫人膝上打著噴嚏，身邊

還有杯盤摔個不停的聲響。獅鷲興奮尖叫、蜥蜴的筆唦唦刮著石板，被壓制住的天竺鼠咳個不停，這些聲響跟遠方傳來假海龜嗚嗚咽咽的哭聲交織在一起。

聽著聽著，姊姊坐了起來，閉上眼，覺得自己真的到了這奇幻世界。但她也知道，再次睜開眼的時候，自己又會回到原本那個乏味的世界。草沙沙作響不過是因為風吹。池塘水聲嘩啦嘩啦，也只是因為蘆葦拂過水面而已。喀喀作響的杯盤聲，是遠處羊兒身上的鈴鐺；皇后嚷嚷聲，是牧童趕著羊的呼聲。至於寶寶打噴嚏、獅鷲尖叫，還有其他奇奇怪怪的聲響，（她也知道）不過就是農地裡的各種喧鬧聲響。假海龜的嗚咽，則是遠方牛兒在低吟。

最後，姊姊想著，有一天愛麗絲長大了的話，會是什麼樣子呢？就算長大了，愛麗絲應該還是會保有著那單純的心，會把一群孩子叫來身邊，為他們說個古怪的故事，聽得他們眼睛發亮。也許她會再說說多年前夢裡這個奇幻世界。她也一定還能體會孩子們的單純煩惱跟簡單的快樂，不會忘了小時候的美好夏日時光。

譯後記

仙境散策指南

　　若要列出「無人不知、無人不曉」的經典兒童文學作品名單，《愛麗絲夢遊仙境》絕對名列前茅。在許多讀者真正翻閱《愛麗絲夢遊仙境》之前，可能都已經對愛麗絲墜下兔子洞後的種種奇遇耳熟能詳，由此也可見愛麗絲故事早已深植中文讀者心中。事實上，《愛麗絲夢遊仙境》早在一九二二年已經進入中文世界。當時語言學家趙元任以靈活中文翻譯此書，原作者路易斯・卡洛爾精心藏於書中的文字遊戲、奇思妙想、邏輯與數學問題，趙元任都

——巧妙化解，以原書中一段雙關語為例：

"But they were <u>in the well</u>," Alice said to the Dormouse, not choosing to notice this last remark.

"Of course they were," said the Dormouse: "<u>well in</u>."

阿麗思故意當沒聽見了這末一句話，她又對那惰兒鼠問道，「但是她們已經<u>在井裡頭</u>了勒，怎麼還抽出來呢？」那惰兒鼠道，「自然她們在<u>井裡頭，儘儘裡頭</u>。」（趙元任，1922，107 頁）

　　此處 in the well 與 well in 二語雖短，卻足以讓眾多中文譯者傷透腦筋。但趙元任卻以「井裡頭，儘儘裡頭」輕鬆化解，其譯筆靈動可見一斑。也因此趙譯一出，其《阿麗思漫遊奇境記》長年獨佔鰲頭，為中文譯界公認最佳譯本。據賴慈芸研究（2000）[3]，後續諸多中文譯本皆改編

3　〈論童書翻譯與非文學翻譯相左之原則。——以趙元任「阿麗思漫遊奇境記」為例〉。《臺灣童書翻譯專刊》，4: 36-61。

自趙譯，亦難有出其右者。《愛麗絲夢遊仙境》這麼一本小書，就因前有原作者路易斯・卡洛爾的文字遊戲、後有趙元任精妙譯本，成為不少中文譯者心中一座不易挑戰的大山。原文與經典譯本並立，後續譯者只好另闢蹊徑。有些選擇繞道而行，暫且擱下書中各種文字遊戲與無稽詩，刪減濃縮，著重於故事情節。現行諸多兒童改寫本大多採取此策略（如：東方版、鹿橋版等）。有些則以近似人類學式的觀點，定點考掘，一一細究原文各種互文典故，詳盡註解（如：張華譯本（2010）、王安琪譯本（2015）、陳榮斌譯本（2016）等），讓讀者不但窺得兔洞祕境，更可了解洞裡乾坤。改寫本略過文字遊戲，讀者雖大致可得故事旨趣，卻難窺卡洛爾巧思。註解本鉅細靡遺，但閱讀之際則需停頓消化文本之外的各類訊息。以看畫展來打比方，改寫本大約就是走馬看花，火速瀏覽。註解本則像是帶著專業導覽隨身看畫，工筆起落皆不錯過。但除了這一速一緩之外，能不能以另一種速度一探兔子洞呢？基於這個動機，筆者接下了這個挑戰，希望能以「散策」般閒適自在的步伐，陪同讀者一起「漫遊」奇境。為此，碰上文

字雙關，筆者盡力在譯文中創造相似語言效果，但不提供過多註解，希望讀者能直接透過譯文，緩步觀察卡洛爾的奇想世界。然而，這個任務並不輕鬆。書中愛麗絲一語正道盡筆者翻譯時的心緒：

「待在家裡舒服多了。」可憐兮兮的愛麗絲想著：「身體不會忽然變大變小，也不會被老鼠兔子使喚來使喚去。我有點後悔跟著兔子跳下洞來了，不過⋯⋯不過⋯⋯猜不出之後會發生什麼事，這樣日子好像比較有趣。」

這個「散策」的翻譯定位，意味著筆者一來難以閃躲原文中的文字遊戲、二來又得放下註解這強力武器，僅能在譯文方寸之間，盡力展現原文的風采。於是翻譯之時便也似愛麗絲一般，常常被原文「使喚來使喚去」、時時得絞盡腦汁讓中文「變大變小」找出更多可能。過程中偶爾也會「後悔跟著兔子跳下洞來了」，但又覺得這樣確實「好像比較有趣」。左右為難之間，筆者盡力在翻譯時，保留原文趣味與音韻效果。以下二段為例：

（一）

"Edwin and Morcar, the earls of Mercia and Northumbria, declared for him; and even Stigand, the patriotic archbishop of Canterbury, found <u>it</u> advisable—"

"Found what?" said the Duck.

"Found <u>it</u>," the Mouse replied rather crossly: "of course you know what 'it' means."

"I know what '<u>it</u>' means well enough when I found a thing," said the Duck: "it's generally a frog or a worm. The question is, what did the archbishop find?"

「『有愛德華與莫卡二氏，莫西亞、諾森比亞伯爵者也，俯首稱臣。又有坎特伯里大主教，史提根氏，原一忠民也，見<u>勢之</u>……』」

「見<u>四隻</u>什麼？」鴨子問。

「是『<u>勢之</u>』好嗎。」老鼠沒好氣地應著：「『<u>勢之</u>』是什麼意思你應該懂吧。」

鴨子說：「我當然知道呀，我出門常常東看西看，不是見到四隻青蛙、就是看見四隻蟲。可你沒回答我的問題，到底主教看見四隻什麼呀？」

　　此例中，卡洛爾借用英文中 it 既可作虛受詞又可實際代指名詞的雙重性質，一虛一實之間，成了老鼠與鴨子的雞同鴨講。中文代詞用法不同於英文，筆者嘗試以諧音譯之，創造另一種雞同鴨講效果。

（二）

"...the Drawling-master was an old conger-eel, that used to come once a week: HE taught us <u>Drawling, Stretching, and Fainting in Coils</u>."

"What was THAT like?" said Alice.

「『划划』課的老師是條鰻魚，每個禮拜來學校一次，專門教我們『速瞄』跟『<u>游划</u>』。」

「是要<u>怎麼瞄、怎麼划</u>？」

此處卡洛爾以 drawling 取代 drawing, stretching 代替 sketching, fainting in coils 戲仿 painting in oils。筆者除了以諧音翻譯外，也試著以兒童問話的語氣來詮釋愛麗絲的提問。希望展現作者巧思之外，也能在人物對答之間，還原此書創作之初的「兒童本色」，讓讀者不論年齡大小，能在譯文中感受到卡洛爾當初為小愛麗絲精心打造的童趣世界。

　　個人此譯《愛麗絲夢遊仙境》，受惠於前譯良多，若沒有譯界前賢勇於攀上這座大山，探索中文表達的各種可能性，則沒有今日此譯本。身為譯界一員，筆者僅希望個人拙譯能夠陪伴讀者閒適漫步於路易斯・卡洛爾建構的奇想世界，讓讀者不因「經典」二字拒此書於千里之外，也不因「兒童文學」而輕忽了作者的獨具匠心。筆者雖有此懷抱，但原文精妙，譯文中力有未逮之處，尚請讀者不吝指正。

愛麗絲夢遊仙境
Alice's Adventures in Wonderand

作　　　者	路易斯·卡洛爾 (Lewis Carroll)
譯　　　者	吳碩禹
插 圖 繪 者	約翰·田尼爾 (John Tenniel)
插 圖 上 色	Via Fang
封 面 設 計	莊謹銘
排 版 構 成	高巧怡
行 銷 企 劃	劉育秀、林瑀
行 銷 統 籌	駱漢琦
業 務 發 行	邱紹溢
責 任 編 輯	劉文琪
總 編 輯	李亞南
出　　　版	漫遊者文化事業股份有限公司
地　　　址	台北市松山區復興北路331號4樓
電　　　話	(02) 2715-2022
傳　　　真	(02) 2715-2021
服 務 信 箱	service@azothbooks.com
網 路 書 店	www.azothbooks.com
臉　　　書	www.facebook.com/azothbooks.read
營 運 統 籌	大雁文化事業股份有限公司
地　　　址	台北市松山區復興北路333號11樓之4
劃 撥 帳 號	50022001
戶　　　名	漫遊者文化事業股份有限公司
初 版 一 刷	2018年2月
初 版 五 刷	2021年3月
定　　　價	台幣299元

ISBN　978-986-489-243-3

國家圖書館出版品預行編目 (CIP) 資料

愛麗絲夢遊仙境 / 路易斯·卡洛爾(Lewis Carroll) 著；
吳碩禹譯. -- 初版. -- 臺北市：漫遊者文化出版：大雁文
化發行, 2018.02
　面；　公分
譯自：Alice's adventures in worderland
ISBN 978-986-489-243-3(精裝)
873.57　　　　　　　　　　　　　　107001028

漫遊，一種新的路上觀察學
www.azothbooks.com
漫遊者文化

大人的素養課，通往自由學習之路
www.ontheroad.today
遍路文化·線上課程
on the road